Gaea

GAEA

兔俠

vol.3 變動的星區

護玄——著

兔使

vol.3

目錄

兔俠

「人物簡介 CHARACTERS」

青鳥·瑟列格▼第六星區

金髮碧眼、擁有一張娃娃臉的20歲熱血青年。
喜愛正義、討厭壞蛋，夢想成為正義組織的一員！

琥珀·沙里恩▼第六星區

黑髮，擁有罕見的湖水綠眼眸的16歲少年。
個性冷淡、有點不善交際。

兔俠▼第七星區

處刑者。性別男，大白兔布偶，白毛紅眼睛。
非常認真嚴肅，忠於自身信念。

黑梭▼第七星區

處刑者。黑髮褐眼，變化後轉為紅眼。
看似輕佻，但其實相當會照顧人。

茆·菲比▼第六星區

處刑者。金棕色的長髮與雙眼，是個可愛的少女。
開朗、大而化之。對自己人很好，有點排外。

沙維斯▼第六星區

隸屬聯盟軍部，無法得知任何底細，專門捉捕處刑者。
眼與長髮都是淡灰色。冰冷不易親近，堅守正義。

噬·巴德▼朱火強盜團

朱火團長之一。黑髮褐眼，左臉有火焰圖騰。
為了達到目的，可以使用任何手段。

美莉雅安奈·巴德▼朱火強盜團

朱火副團長之一，橘髮褐眼，左臉有火焰圖騰。
冷漠高傲，只服從噬的命令。

第一話▼▼▼家族

第六星區

「第七星區出現異變島。」

「咦？」

一聲巨響，原本正在搬庭院巨石的小茄扔開了手上礙事的物件，快步跑向站在門邊的青年，「是黑島嗎？」

亞爾傑搖搖頭，「很可惜，不是呢，比起這件事情，小茄美女我們一起去喝下午茶如……嘔噗——」

直接賞對方一拳中止後半段的廢話，小茄環起手，若有所思地皺起眉，「真是可惜了……」

「如果可以的話，還真不希望茄茄這麼快找到黑島呢。」露出微笑，亞爾傑輕輕牽起了對方柔細白皙的手，低下頭印上唇，「即使是無法觸及的虛幻女神，如我等般的凡人也希望窮盡一切將月亮留在身旁。」

於是小茄直接賞對方臉部一腳結束噁心的對話。

丟著青年不管，小茄思考了半晌，快步走回屋內，「阿德、露娜，第七星區出現異變島，有收到什麼消息嗎？」

已經收拾整潔的屋裡，正在給丈夫端茶水的露娜眨眨美麗的眼睛，「阿德正在遠程聯繫，但是看起來並不是黑島喔。」

坐在沙發上的阿德薩桌上打開了幾面程式顯像，正以極快的速度不斷運作中。聽見了女性們的對話後他抬起頭，朝小茆微笑了下，「只是前世代的異變島，但是傳來了有趣的畫面與傳聞，小茆也過來看看吧。」

靠到阿德薩旁邊，一如往常地被對方摸摸頭，小茆很快地將注意力放在畫面上，接著瞪大了眼睛，「啊啊啊啊——」畫面上，第七星區出現的新處刑者在黑夜中降臨，華美的衣飾和精緻的面孔都是她熟悉的，「好可愛好可愛——」恨不得把畫面裡的小女孩抓出來揉抱，她和露娜擺出一模一樣的捧臉動作尖叫著。

習慣了一大一小見到可愛事物的反應，阿德薩好笑地搖搖頭，幫她們把畫面處理得更加清晰，「看來那個小朋友果然也不是簡單的人物，現在整個第七星區都颳起瑞比特的旋風，眞是不得了。」

「回轉回轉，我要再看一次，眞的好可愛喔。」指著畫面，小茆連連拍桌，瞅著阿德薩說道：「我要全清晰版本。」

「我也要。」露娜擺出完全一樣的表情。

「是、是，已經在幫妳們準備了，等等來連線就可以了。」順手摸摸一大一小的漂亮腦袋，阿德薩繼續強化已經非常清晰的影像，接著注意到亞爾傑似笑非笑地走進來，一屁股坐在有點歪掉的椅子上，「可惜不是黑島。」

「是啊，聯盟軍方面也沒有進一步消息，看來黑島比我們想像的還要隱密，這幾百年來完全無法追蹤，要找到眞的得靠運氣。」彎下身，亞爾傑將一塊木塊墊到椅腳下，終於讓椅子不會嘎嘎地搖動和發出怪聲，「不過軍方收到消息，異變島衝擊第七星區恐怕是人爲的，目前七大星區都已經派出調查官前往，要搶在第一時間查出原因。」他在聯盟軍的單位裡當然也聽到這些變動，異變島引起所有星區的高度注意，尤其是第一星區，就怕異變島也撞在他們身上。

雖然異變島本身有不少可探索的前世代資源，但是大部分污染程度都過高，危害大過於益處。

「要將異變島撐起不是簡單的事情。」拉出了畫面上的島嶼，阿德薩比畫了上頭標示的尺寸數字，「這種程度，一、兩名能力者不可能辦到。」

「是啊……眞煩惱，如果不是大量能力者幹的好事，就是有人啓用了禁忌的大型機組，觸動了前世代被嚴格禁止的高規格儀器，不管是哪個答案，都不是什麼好事；何況眼下對方目的不明，也不曉得是要展示力量震懾聯盟七大星區，或純粹只是失誤。飛行器的案子都還未理出個頭緒呢，眞是讓人吃不消。」最近也是忙碌奔波的亞爾傑捏捏肩膀，表示自己很辛勞。

「那你就少來這裡礙眼啊。」沉迷於美色的小茆一邊擦口水，一邊扔過去這句。

「好打擊，所以現在我也不得不回去報到了，茆茆美女不能給我撫慰精神的愛之吻嗎？」

小茆直接讓對方去吻充滿攻擊力的拳頭。

「我送亞爾傑出去吧。」看著繼續趴在桌邊看畫面的一大一小，阿德薩只好肩負起送客的任務……其實每次都是他，無一例外就是。

踏出了還有點殘破的小庭院，阿德薩和亞爾傑走在安靜的住宅區街道上。

「最近身體如何？」揉著充滿拳頭印和腳印的臉，亞爾傑拿出了手帕，把一臉灰擦乾淨。

阿德薩搖搖頭。

「別太勉強了，你的身體損傷得非常嚴重，雖然你瞞著小茆和露娜，但我可是什麼都知道的。」微微抬頭看著略高一點點的男性，亞爾傑收起了在月神家玩笑的口吻，有點嚴肅地說著：「我介紹的醫生能做到的已經不多了，如果再不接受軍方的條件，你很快就……」

「沒關係。」打斷了青年的話，阿德薩微微笑了下，「這樣很好。」

「你要是再出事，露娜和小茆會很傷心。」抓抓頭，青年看著藍色的天空，「我現在的能力還有限。」

「你已經做很多了。」抬起手，阿德薩揉揉對方的頭，「很多了，你也不要勉強自己。」

「有時候覺得自己不是能力者眞不公平，只能一步步踩著別人，咬牙爬上去。」就算是副總長之子，發展的道路也不是這麼容易走的，尤其他的願望並不那麼簡單就可以滿足。亞爾傑偏過頭，看著身邊幾乎從小認識的友人，「最少，最少再活三年，爲了我們所有人，我會在三年之內爬上去，取得權力。」

勾起唇角，阿德薩拍拍身旁孩子的肩膀，「你做得已經夠多了，我會承諾能活多久就多久。」

他們看見莉絲的光芒閃爍而逝。

回以一笑，亞爾傑用力伸了伸手，拉拉筋骨，「就送到這裡吧，我家的車就在前面了，你再不回去小心又被拆房子。對了，第七星區傳來的聯盟軍檔案，我看過了那個少女的臉，和原本的臉模核對不起來，他們自己有在保護自己，不會有問題的，這邊的話我也會將檔案封存，不讓一般人隨便讀取。」

「我會傳達給小茆。」比起來，那隻兔子還危險得多。有點複雜地看著太過年輕的青年，阿德薩點點頭，「你自己小心點。」

「當然，我可是明天還要來找小茆妹妹呢。」

揮別阿德薩之後，亞爾傑繼續向外走。

黑色的動力車就停在不遠處。

然後，他停下腳步。

街道太過安靜，寂靜無聲。

環起手，噙著微笑等著包圍者逐漸逼近，最終在他面前的是爲數約十名的黑衣能力者，面孔已經全部腐蝕，看不出樣貌。

「我猜猜，又是要殺利蒙的兒子沒錯吧。」

幾乎話語一落的同時，訓練有素的能力者揮出了刀刃，直接往他逼來。

「主人忘記告訴你們這些狗，十個人是不夠的嗎？」微笑地看著九名黑衣人的頭顱在眨眼剎那落地，最後一個的手腳脫體，亞爾傑踩在一地的鮮血上，從高處俯瞰最後存活下來的殺手，「利蒙的兒子雖然不是能力者，但是最擅長的就是作弊喔。」否則，年紀輕輕的他該如何調動聯盟軍的各種資源，以及包庇所有處刑者呢。

踏出了血池，他伸出手，一旁不知何時出現的白衣女性連忙將潔白的手帕遞上。

「瑚的行蹤確認了嗎？」擦拭著手上噴濺到的血液，他筆直地走向了車邊。

「是的，瑚．沙里恩的行蹤我們已經完全掌握，目前暗部隊伍在保護她。」畢恭畢敬地回答著問題，女性打開了車門，讓青年入座後，自己落坐在副駕駛位上。

「等琥珀．沙里恩回到第六星區之後，再進行下一步動作。」

「是。」

凝視窗外飛逝的景色，亞爾傑揉著肩，「我們安插在雷森與安卡家族中的人呢？」

「正常回報。」

「讓他們繼續盯著第七星區，一有問題立刻強制執行命令。」

「是。」

□

阿德薩回家時，客廳裡只剩下露娜。

隱約可以嗅到淡淡的沐浴香氣，他想大概是小茆在勞動過後打算先清潔一下，小茆一直很愛乾淨，雖然她們常常做砸東西這種讓環境不太乾淨的舉動。

「阿德。」衝著他微笑了下，露娜懶洋洋地趴在沙發上，露出姣好的身材曲線，「該搬家了？」

「看來也差不多了。」環顧著破爛到該大修的房子，阿德薩算著時間，似乎也得搬遷了，否則再過一、兩年，小茆的問題很容易就會被鄰居察覺，「晚一點我聯繫黛安，請她幫我們尋找適合的新住所，這裡我看就直接放置賣掉吧，省得花時間整修，就讓新屋主決定怎麼處理吧。」雖然新屋主比較可能會瘋狂砍價。

半起身環住阿德薩的肩膀，露娜在男性臉頰上印下一吻，「我們要一直在一起，約定好了。」勾起淡淡的微笑，她彎身打開了地板，取出了黑色密封的小箱子，「就算你要走我也會跟著走。」

看著開啓的黑箱，裡面排列了整排的藥劑，阿德薩拉起袖子，讓露娜幫他注射藥劑，「不要放著小茆一個人。」

「小茆絕對沒問題的。」看著爬滿黑色紋路的手，露娜摸著凹凸不平的皮膚，「她一直都沒有問題。」

「那是因爲她就是妳，但是她知道妳不能自己一個人，所以才會一直沒問題。」

沉默了下，露娜默默地收起藥箱。

就在想說點什麼時，推開大門的聲音打斷他們的談話。

拉下斗篷走進的蕾娜看了看四周的狼藉，「當你們的鄰居還眞不是普通倒楣。」

「妳來幹嘛啊。」露娜皺起眉，「妖怪終於死了嗎！」

「妳也沒資格說別人是妖怪吧。」看著自家雙生姊妹，蕾娜冷冷地回應，然後看了眼一邊的藥箱，「阿德用藥的時間是不是又變短了？」

「還在可容許範圍。」用力地伸展筋骨舒緩用藥的不適感，阿德薩站起身幫蕾娜接過斗篷，掛到門旁的架子上，「森林之王那邊有什麼事嗎？」

「我們在聯盟軍裡的一名重要人員失去聯絡，所以我要重啓身分進入聯盟軍了解一下狀況。」蕾娜打開了手邊的儀器，讓對方下載資訊，「你們這邊有發現嗎？最近聯盟軍的加密檔案變多，隱蔽的連線率也增高，似乎正在策劃什麼事情。」

「嗯，多多少少也注意到了，原本表面不管政務的背後高層開始加速活動。」負責管理月神情報網的阿德薩皺起眉，「但是系統封鎖的程度太強，一時半刻無法破解。」

「聯盟軍現在用的密碼與之前的差異很大，可能有人協助他們，必須盡快想辦法破譯才行，尤其是現在第七星區又發生奇怪的事。」露娜對於現況很擔憂，畢竟第六星區鄰近第七星區，若眞的有大規模變化，短時間內一般百姓也會先大量湧入第六區，到時候情況會變得更加混亂。

「伊卡提安那邊有訊息嗎？」

轉過頭，阿德薩看見小茆紮著長髮走下來。

還沒回答，濃重的血腥味直接掩蓋過香氛，某種圓形的物體飛快地砸了進來，直接撞擊在地板上，擴出一圈暗沉顏色的血液。

仔細一看，竟是聯盟軍某部隊的維安官頭部，被俐落地一刀割下，頸部的刀痕非常乾淨爽快。

「他們在等待強盜團。」

冷冷的話語從窗邊傳來，阿德薩看見了黑色影子靠在窗後，「飛行器降落第六星區不是偶然，是引導。」

「我們也是得到這樣的情報，泰坦認爲強盜團想要建立天空通道，所以正在突破技術……但是我認爲應該不只這樣，除了宣告的之外，他們在第六區一定想取得什麼。」而且很可能已經取到了，所以才這麼快就撤走。蕾娜這次要進聯盟軍就是打算探察有沒有相關情報，如果第六區近期的騷動是因爲強盜而頻繁，那麼很可能第六區就是下一個目標。

「蘭恩家有消息嗎？」思考了下，阿德薩詢問著窗外的人。

「暫無。」

「……如果眞的讓強盜團取得天空的通道，那就只能寄望蘭恩家出手。」蕾娜環著手，對於這些檯面下的狀況感到憂慮，「森林之王雖然有天風和蚖，但是數量太稀少了無法阻擋空戰，七大星區對空戰都只能採取防禦，連第一星區也不例外。」與強盜團不同，星區有著普通百姓，無法隨隨便便開啓空戰，在天空道路引爆莉絲之後，只會重蹈上世代的悲劇；而強盜並沒有這層顧慮，所以恣意使用禁忌屠戮各種生命。

「唯一可以放心的就是他們應該還沒克服莉絲爆炸，所以暫時不會取得天空。」看過飛行器的資料，阿德薩認爲還可以爭取些時間。

「除非他們有可以控制莉絲的特殊能力者。」小茹皺起眉，「異變島爆炸時，第七星區的莉絲是不是曾一度下降。」

「不能排除這種可能性。」蕾娜點點頭，「如果有，就糟了。」

「大家保持聯繫吧。」阿德薩看了下窗外，「畢竟我們想保護的是第六星區、土地和人民，而不是聯盟軍，別讓這裡也淪陷了。」

窗外的黑影晃了下，片刻後就消失。

「我也該去聯盟軍行政區了。」轉頭拍拍小茹的肩膀，蕾娜正色地開口：「露娜就請妳多照顧了。」

「我才不需要照顧！妳沒去救我時我也可以照顧自己！」一聽到雙生姊妹這樣說，露娜馬上反駁。

有瞬間看見蕾娜露出淡淡哀傷的神色，小茹露出漂亮的笑容，握住對方的手。

「放心，沒問題的。」

□

第七星區

「安卡家族與雷森家族是第七星區世襲的大型家族。」

第二日，一邊調配著手上的藥劑，琥珀一邊爲旁邊的青鳥惡補別區的歷史，以免這個笨蛋傢伙頻頻詢問那兩個強盜的事情，「最早母星分移到凱達斯特時，有幾個著名的大型家族，分別是埃卡、多萊斯、瑟列格……」

「我知道，瑟列格家族是宗教世家。」青鳥舉起手，興致勃勃打斷對方的話。

白了自家學長一眼，琥珀繼續說下去，「塔利尼與蘭恩，一共五個家族，是最早到達這個星球的開發者，也就是第一批殖民的人。包含當初的科學家們，這些開發的人們有些已經被神格化當作起源神和請願主信仰。」

「嗯……因爲瑟列格家族認爲失去信仰很危險，舊有的原始母星就是因爲太過科技化，失去該有的信仰，所以後來沒有了道德制約力就崩毀了，於是瑟列格家族推動融合信仰，也就是現在的起源神和請願主。」對自己姓氏的家族多少還是知道的，青鳥點點頭，「後來瑟列格家族成爲第四星區的統領家族，第四星區也是信仰之地，分門別派地崇敬著起源三神和請願主阿克雷。」

「有另一個說法，當初第一批殖民者登陸的就是第四星區，所以才會選擇第四星區當作信仰之地，最開始的人們幾乎都埋骨在那裡，雖然沒有去過，不過我曾聽過那裡有一大片供人瞻仰的聖地。」琥珀順著講下去：「現在的安卡家族就是埃卡家族的後代，因爲幾百年的紛爭變化，埃卡家族興衰重整過很多次，手上的權力也早已被剝奪，最後成爲現在的安卡家族輔佐第七星區，副手則是近年來才興盛起來的雷森家族。另外多萊斯家族目前統治的是第一星區，當初帶來的科學家有很大一部分都是多萊斯家族的人，到現在還是一樣不斷在推動科技；蘭恩家族在星區開始各種開發與研究後就離開星區，建立自治區成爲自由行者。其他星區則是不一地更替總長和家族。塔利尼家族則是已經完全消失了……有一說他們就是後來的哈爾格。」

「哈爾格不是強盜團嗎？之前傭兵爆莉絲那個。」青鳥一下子又想起讓人毛骨悚然的強盜團。

「這部分到現在還沒證實，只是猜測而已。」跳開哈爾格的問題，琥珀把話題拉回開始的部分，「我查了一下第七星區的資料庫，發現安卡指揮官的女兒身體相當不好，那時候醫生診斷是無法治療的絕症，說活不過成年。」

青鳥歪著頭，皺眉，「好稀奇，很少聽到絕症說。」雖然百年前的戰爭讓科技和基因研究消失，但是醫療上的進步仍不容小覷，現在的人壽命都不短，生病受傷什麼的只要經過醫治都會復元良好，並沒有什麼致死的病症。

除非是被污染，存在於異變島上各式各樣的污染的確無法根治，這也就是星區聞島色變、必定要割除的最大原因。

「看起來是先天的，用了各種治療都沒效，偶爾會有這種狀況發生，上面記載了指揮官夫人在年輕時曾受過輕度污染，雖然不致命，但是女兒卻有著與生俱來的疾病。約兩年前某一天晚上，蓓莉小姐周遭的僕人出了意外，似乎是使用物品不慎引發小規模腐蝕破壞，幾名貼身僕人當場死亡，有些還被毒物溶解了……奇怪的是，蓓莉小姐卻在那晚完全復元，甚至比以前都還要健康。」先放下藥劑，打開了手腕儀器，琥珀叫出了影像檔案，「你應該會很有興趣的，這是蓓莉小姐幾年前的照片。」

看著女孩的影像，青鳥越看眼睛就跟著越大，「等等，這就是那個朱火的……不對，應該不同人吧。」

雖然很像，但是影像中的女孩很憔悴也很瘦弱，而且眼睛並沒有什麼神采，和那個抄刀追著人砍的女孩子根本是兩種樣子。

青鳥立刻就知道是怎麼回事了，「美莉雅取代蓓莉對吧！」

膚色髮色甚至眼睛都可以改顏色的，他自己已經體驗很多次了，看來強盜團應該是在那天晚上取代了指揮官的女兒。

眞正的蓓莉小姐，恐怕已經只剩下一堆白骨了。

「雖然安卡家族那邊已經知道是怎麼回事，但是雷森家族的就眞的找不到資訊，這個人一開始就存在了，看來強盜團的布置時間很久遠。」琥珀嘖了聲，他原本想要去刨刨那個強盜的底，沒想到雷森家族那邊找不到任何異常，眞讓人扼腕。

「唔……大俠他們應該不會有事吧……」

「那隻兔子又殺不死。」冷哼了聲，琥珀覺得再怎麼有事也不會輪到布偶。

「我也擔心黑梭啊、北海啊、香朵和一九他們，他們都是好人的說。」自己果然還是無法放心第七星區，青鳥環著手，咕噥地說。

「……學長如果眞的放心不下，回第六星區之後，你自己好好想想未來和瑞比特的生存方式，再考慮要不要搬遷吧。」知道對方背後還有家族，琥珀淡淡地開口：「既然你已經被流放到第六星區這麼久，眞的要做的話，必須和瑟列格完全畫清界線，也不能再接受他們的各種援助了。」想要當處刑者的人，必須和身邊做一個切割，才不會連累到他人。

「嗯，我再想想。」背後的家族其實眞的是個大問題，青鳥不確定他們是否會讓自己放手去當處刑者，但是他的出身本來就比較特殊，當初就是因爲他會影響到家族才會被送到第六星區，用這種隱匿的方式在第六星區成長……說不定「那個人」還樂於和他切斷關係。

看著思考的娃娃臉，琥珀垂下眼，很想跟對方說點什麼，但是最後還是說不出口，只能有點猶豫地說：「學長……等你順利回第六星區後，你可以到父親那邊……」

「喔，我會跟你一起回去報平安的啦。」青鳥馬上中斷思緒，抬起頭拍拍對方的肩膀，很愼重地說：「這是我欠你的，我絕對會好好照顧你，你父親肯定會很安心把你交給我養。」

琥珀一瞬間眼神都冷了，「學長，夢話請睡覺再說吧。」到底是誰在幫誰收爛攤子呢？竟然可以說得如此理所當然。

「咦？我沒有睡覺講夢話啊？」

「……算了。」

將調配好的藥倒進準備好的小水晶瓶子裡，琥珀搖了搖，將裡面的液體完全混合，「這樣就行了，等等拿給黑梭用吧。」

「喔喔，不過沒想到琥珀你居然會調藥耶。」接過藥瓶，青鳥興奮地看著裡面流動著的茶色液體。

「這是很基礎的複方止痛藥，因爲跑商的關係，我父母都會調製藥物，避免在偏僻地區傷病時無法照顧自己，我也跟著學過一些基本。」琥珀收起帶來的瓶瓶罐罐，然後關好行李箱，「黑梭好像對一般的止痛藥免疫，藥和酒混用得很凶，長期下來對身體傷害太大了，所以我想試試藥草調配式的，說不定會有效用。」

青鳥咧開笑，摸著黑色的頭顱，「乖孩子乖孩子。」

皺起眉，琥珀一拳往對方的臉上揍下去。

「不要亂摸。」

□

「止痛藥？」

休店的大白天，正在搬出備用碗盤的大白兔晃了晃耳朵，接過了青鳥遞給他的藥物，「原來如此，在下還眞沒有注意到這點，非常謝謝你們。」

「黑梭在休息嗎？」店內沒看到香朵，只看見一九正在點算食材，青鳥放下背包，幫忙大白兔放置碗盤。

「是的，傷勢比預估的嚴重，所以要花點時間。」捧著藥瓶，大白兔啪搭啪搭地跟在移動的青鳥旁邊，「兩位要出去嗎？」

「對啊，琥珀媽媽不是要他來第七區找人辦些事情嗎，所以等等要走一趟，琥珀也說有些東西要補……大俠這邊有缺什麼要幫忙帶回來的嗎？」

「倒是沒有……啊，既然琥珀懂得調藥，可否請他幫忙帶些藥物回來？」已經省略了其他稱呼的大白兔看著手上的藥瓶，「在下因爲不需要反而忽略了，因爲是臨時到這個據點，店內只有普通傷藥，或許是這樣所以傷勢才會好得比較慢。」

「好啊。」

青鳥還沒回答，走下樓梯的琥珀正好聽見對話，順勢同意了，「但是調配複方藥得看個人狀況，我先下去看看他的傷勢和新的止痛藥是不是能起作用吧，只是我會的東西效果大概也有限，還是找眞正的藥師來處理比較好。」

大白兔拱起手，很愼重地一揖，「那就麻煩你了。」

接過自己製作的止痛藥，琥珀把背包放在桌上，就跟著一九先往地下室走。

「琥珀眞的很能幹。」拿著杯子，大白兔幫青鳥倒了飲料，然後一起坐到椅子上等待，「即使在第七星區，在下也很少看見有人會使用草藥調製藥品了。」七大星區的藥物幾乎都是科技精製的，星區外的小島和部分自由行者們才會使用藥草調製，也就是數量稀少的藥師。

雖說是藥草，不過現在很多都是已經提煉過後的瓶裝藥草抽出物，藥效也更好，只要會使用這些，並不比科技藥物來得差。

之前在琥珀家洗過藥草浴，所以大白兔在看到藥瓶後，多多少少可以猜到對方可能也通曉這類調製，雖然說是基礎皮毛，但是針對體質調藥這種事情連要奠定基礎都是不容易的。

「對啊，可惜琥珀不是女生，不然眞的是賢妻良母。」也不知道是第幾次感到惋惜了，青鳥還是覺得找對象就要找這種的才不會人生遺憾。

「的確沒錯。」大白兔點了點頭，「你們怎麼熟識的呢？」少年到現在還和他們保持一定距離，這讓他有些好奇爲什麼少年會如此忍讓個性完全相反的青鳥……雖然感到很抱歉，但是大白兔偶爾也會興起想往男孩頭上搧的衝動。

「說起來還眞有點長，總之花了很久一段時間才熟的。」一想起那漫長的旅程，青鳥就感覺到有點辛酸血淚，「我是學校直升的學生，琥珀是轉學來的，他第一天到的時候我就聽大家說有個湖水綠，所以就跟去看啦。」

但是在大家圍著窗戶指指點點討論時，他看見的卻是個傷痕累累的男孩。

年紀看起來很小，白色的臉上貼著很多快速癒合貼布，聽說是到學校的途中遇到貪心的人力車駕駛想抓他，反抗後被聯盟軍發現，車夫急著逃走就將他摔在一邊的路上，然後他爲了趕上學時間，拍拍衣服又站起來自己走到學校。

雖然如此，男孩還是沒有哭，冰冷的臉上一點表情也沒有。

打聽了下，青鳥從老師那邊得知對方因爲不想讓父母擔心，所以出門前吃了暫時可以染眼色的藥劑，沒想到那個人力車車夫老早就盯上他，才會弄成這樣，男孩還特別要求老師和聯盟軍千萬不要通知家長，因爲他家長是走貨商人，非常忙碌，他不希望對方擔心。

即使在學校裡很低調，但是男孩還是免不了招惹其他人的討厭和騷擾。

「爲了讓琥珀把我當朋友，我整個不要臉地做了很多事……」青鳥一想到黑暗的過去，突然覺得自己更加血淚了，「一開始是裝小騙他，然後用食物釣他，去他家門口等他，還去他家和大人騙吃騙喝、跟他爸媽訂了很多奇怪的東西再假借名義去他家，還有假裝在他家後面的樹林迷路……總之可以想到的都做了，最後爲了跟他同寢室還向宿舍長打滾利誘，用半年晚餐才買通對方。」

「……這、這樣嗎……」大白兔有點傻眼。

「你知道要騙他笑有多困難嗎，琥珀以前根本不會笑……如果不是因爲我在學校的最噁心大會上表演用鼻子吃湯圓！他根本不會笑啊啊啊啊啊啊——」

「學長你又在講我什麼了。」

打斷了青鳥悲愴的哀號，剛從樓梯走上來的琥珀冷眼看著留在上頭的一人一兔，「那個最噁心大會不就是你自己提要辦的嗎。」而且還眞的非常噁心，他永遠忘不了被強迫去看那噁心的大會，後來被學校嚴禁再辦這種會成爲七大星區笑柄的學生大會了。

「不過你當時的確笑了啊，對吧對吧。」跳下椅子，青鳥嘿嘿嘿地跟在他學弟旁邊，「而且第一次在學校裡笑啊。」

「……我是在笑爲什麼有人可以沒腦子到這種地步，後來你不是因爲被塞住無法呼吸而送去急診嗎。」冷眼看著身旁的娃娃臉，琥珀一想到當時的狀況就很無言。那個用鼻子吃湯圓的學長一看到自己笑了，居然跟著大笑，結果反而被湯圓嗆住，差點死在最

噁心大會上，送醫之後還被醫生嚴厲警告不准再用鼻子吃湯圓。

更可惡的是，送醫時他還緊緊拽著自己，讓他也被同學拱著去醫院一起挨罵。

「但是你還是笑了啊。」沒想到用湯圓就會笑，青鳥之後在病床上後悔自己爲什麼不早一點用鼻子吃湯圓，還浪費好多時間啊啊啊。

「別鬧了。」沒好氣地直搖頭，琥珀才回頭看著整個呆掉的大白兔，「調配的止痛藥似乎可以產生效用，我們出門之後，請務必盯著黑梭，今天不要讓他碰酒。另外我在藥裡放了些能放鬆的木草系植物，他可能會想睡，就盡量讓他多睡多休息。」

「在下知道了，非常感謝。」

□

「你幹嘛提起吃湯圓的事情。」

一離開店家上了動力車，琥珀就往青鳥頭頂上打一拳。

摀著頭，青鳥馬上抗議，「你不要常常往我腦頂打，要是長不高怎麼辦！」

「都已經註定不會長高了不是嗎。」

「呸呸呸，胡說八道，你才長不高。」竟然詛咒他的未來，青鳥直接賞對方一記白眼，「總有一天會發育完全的，去去。」

「成年之後，不靠任何外力幫助，要再度發育長高其實很困……」

「哇哈哈哈哈！我什麼都沒聽到！完全沒聽到！」

看著一如往常用大笑逃避現實的某人，琥珀懶得理他，於是把視線轉向窗外。他們今天要去的是港區的另外一端，因爲荒地的聯絡點設置在隱蔽處，所以必須離開熱鬧的港區中心，得要一小段車程。

短短時間內撤走不少人的港區相當空蕩，路上還可以看見正在聘僱動力車幫忙搬行李、想要離開這邊的民家們，也有匆匆急著要搭船的走商過客們，每個人臉上的表情都很沉重，但是撤離的動作倒是很熟練確實，即使在這種狀況下還是很冷靜地安排離開事宜，並沒有引發恐慌和大騷動，看來長年被海盜攻擊的逃難經驗還是發揮了一定用處。

正在思考等等要打點的各種補充物品，琥珀突然覺得身側一重，一轉過頭就看見青鳥靠在他旁邊，用一種奇怪的表情盯著他看，「……又怎麼了？」

「欸，如果沒有用鼻子吃湯圓那件事，你是不是打算一輩子都不笑？」看著學弟笑起來很好看的臉，青鳥想起了以前的事情。

雖然和別人說笑聽起來很簡單，但是一開始琥珀和現在是完全不一樣的。

就像冰冷的機組，不像人。

「我只是不覺得有什麼是必須要笑的。」轉回去看向窗外風景，琥珀淡淡地說著：「過多的情緒表現只會影響判斷力。而且笑的話，不是讓黑市的人更有藉口把價錢提高了嗎？」

「笑的話，別人就不知道你害怕啊。」看著透著淡光的黑髮，青鳥抬起手，遮住了從縫隙落下的陽光，「不論如何，不想被別人看出來的話，就笑吧，然後就會忘記傷痛。就算被抓去，總有一天我也會去救你，這樣不是就好了嗎？」

「所以我那天才會笑出來……」

「什麼？琥珀你剛剛說什麼？」因爲沉浸在自己的思緒裡，青鳥沒聽清楚對方咕噥的聲音，馬上好奇地鑽過去，「你那天怎麼了？其實你心裡覺得我用鼻子可以吃湯圓超厲害的嗎？」

一秒冷臉，琥珀往對方的頭頂上打下去，「只有『噁心』兩個字可以形容。」更別說湯圓還會噴漿，他一想起那幅畫面都覺得是惡夢，害他後來很久都不想吃湯圓。

究竟當時學校爲什麼會同意辦這種無厘頭的學生大會，現在也無從得知了。

「沒禮貌，我還有拿到銀牌啊啊啊啊——」而且他還用獎金請了他學弟吃很多蝦子啊！

「用生命換來的銀牌實在沒什麼好驕傲的。」萬一那天就這樣被湯圓嗆死了，他學長就會榮登七大星區史上最噁心死法的第一人，到時候瑟列格一定恨不得立即將他踹出去不要有任何關係。

「眞沒禮貌啊，哥哥都不記得有把你教成這麼不親切的個性。」

「……誰有低智商的哥哥，不要自己亂加頭銜。」

「你啊你啊，就是你的，你看又矮又笨還長不高，考試還要作弊只有逃跑比人快，全都是你的。」

「……走開！」

第二話▼▼▼敵方與友方

動力車轉過一條窄巷後，停在白色的店面前。

店家沒有招牌，門邊只吊掛著一塊藍色的木頭魚。

付過錢後，琥珀敲了敲門，等了半晌，才有一個乾巴巴的老頭來應門。

對青鳥做了個噤聲的手勢，琥珀領著人跟著老頭走進了店家。

環顧著奇妙的店內，青鳥很好奇地看著這個荒地的聯絡站，這樣看完全看不出來是聯絡站，感覺很像是賣小木頭雕飾物品的店家。內部空間陳設的幾個架子上全是小型木雕工藝品，並沒有太大的特色，幾乎就像每個港區商店都會賣的東西，不是小魚就是小船，價位也訂得很平價。

讓青鳥自己瀏覽著那些手工品，琥珀和老頭走到櫃台邊，然後取出方形小盒子遞給對方，等待處理的時間就走到旁邊去看他蹲在角落的學長。「看到喜歡的？」

「有紅色的鳥耶。」拿起放在架子最角落最下面的小木盒，青鳥讓對方看手上的盒子。這個盒子真的非常樸素，是用原木雕成的，只在最頂的翻蓋上畫了隻紅色的小鳥，與店裡滿滿藍色的魚和船倒是有點不搭，「如果是青色就好了。」

「我記得應該有，等等幫你找一個。」

「不用不用，這個就好了。」把玩著小盒子，青鳥站起身，「這個也很好看。」

「……嗯，我想一定會很有用的。」

在琥珀回到櫃台和老頭講話後，青鳥又繼續慢慢看著架子上陳列的各種物品。

這裡的工藝品幾乎都是藍色的，走了一圈後還眞沒看見其他顏色的小物，就只有那個紅色小鳥的盒子比較不同。

晃到櫃台邊時，琥珀和老頭看來事情處理完了，似乎在點購什麼東西，只見老頭很愼重地從櫃台下拿出了一個非常大、看起來還有點沉的箱子，小心地打開之後，裡面是許多排列整齊的瓶瓶罐罐。

「這是藥嗎？」看到有些瓶子很像琥珀早上用過的，青鳥也好奇地湊在一邊。

「嗯，這些是交易品，都是行者們製作的，檯面下可以買得到的種類比市面上廣很多，藥效比較好，價格也有差。」拿起一個白色的玻璃瓶，琥珀讓對方看著裡面像寶石一樣漂亮的紅色液體，「像這種藥物一定要到荒島上的森林才可以採集到，聯盟軍的科技藥物雖然也做得出來，但是藥效有限，劑量也是公制的，沒辦法針對個人體質很好地調配利用。」

「呵呵，行者大部分都是能力者，所以運用藥草針對不同體質做調整的技術是很厲害的。」露出了友善的營業微笑，老頭這樣爲青鳥補充，「在大戰之後，聯盟軍控管的科技藥物中都含有壓抑能力的成分，吃多了對能力者不好，有時候會造成不可預期的傷害，市面上流通的公配藥草也是，只要是經過聯盟軍認可的正式藥物都會有；知情的能力者都不喜歡用聯盟軍的藥物，會轉向尋找檯面下的能力者藥師。」

「原來如此。」把藥瓶還給老頭，青鳥瞇起眼睛，神祕兮兮地往老頭身邊湊過去，「既然如此，有沒有那個東西？」

「哪個？」老頭也神祕兮兮地讓他問。

「吃了會比大樹還高的那個。」

「喔喔，當然有，這是必要的呢。」

看著旁邊像蛇跟狐狸在交易的二人組，琥珀無言地搖搖頭，繼續挑揀自己要的東西。他對藥物的知識沒有專業藥師那麼好，但要處理像黑梭那種外傷應該還可以應付。

大致上選好藥品後，琥珀轉過頭，旁邊的老頭與小孩也做好樹的交易了。

看到青鳥一臉小心寶貝地接過老頭給他的藥品，琥珀就有種無力感，「我還要髮品的配方備料，頂級的。」

「唉呀呀，上等的可不便宜喔？」老頭再度從櫃下拿出箱子，打開後，這次還是很多瓶瓶罐罐，但是瓶子精緻漂亮許多，有的甚至雕塑得很華麗，像件小藝術品。

「沒關係，只要是真貨都值得。」

「我們怎麼敢給沙里恩家假貨呢，請慢慢挑選吧。」

快速地再度挑選自己所需物品後，連著那個紅鳥小盒子結算完畢，琥珀留下了地址，讓老頭將這一大批購買物送到黑梭的店裡。

離開店家後，他們就轉回商店街採購一些第七區特有的物品，順便塡飽肚子。

□

「那個老爺爺看起來不像是荒地的能力者啊。」

離開店家後，他們在路邊買了飲料，一邊喝著一邊往港區熱鬧的位置走去。

雖說是熱鬧區，不過經異變島一事，人已經少很多了，不只行人銳減，就連商店都關到所剩不多，有些還在店門寫明了近期不會開店，店家暫時離開之類的標示。

「如果連你都看得出他像，那荒地早就沒有聯絡點了。」喝著淡淡甜味的茶水，琥珀冷冷地扔了一句過去。

「也對。」

進入市街後，街道上出現了幾支聯盟軍隊伍，上面有所屬的標誌，看起來似乎有高階級的人物在這一帶，封了一條主街。

「好像是尤森指揮官在這邊。」辨認了軍隊標誌，琥珀看著路上軍用的動力車，說道：「沒想到尤森指揮官也來了，應該是視察異變島和港區的狀況吧。」

「喔喔喔喔！看得到嗎！」很想衝過去圍觀指揮官，青鳥興致勃勃地看著那很多很多的聯盟軍。

「建議你最好不要過去，萬一被認出來，那麼被圍觀的說不定就是我們。」雖然可能性很小，但是琥珀也不敢排除有人就是眼力那麼好，能省麻煩就省一點，對自己的心臟和精神會好一些。

「嗚喔喔喔，眞可惜，尤森指揮官如果是好人，我還眞想親眼看一下正義的一方。」盯著那很多雄壯威武的聯盟軍背影，青鳥一整個扼腕到不行。

「你在決定當被通緝那方的那天開始，就註定過去看會被打到鼻青臉腫，快離開吧。」這傢伙到底有沒有通緝犯的自覺啊，都已經在第七星區有名字了，竟然還動不動就想鑽進敵方陣營。琥珀一邊搖頭一邊抓住小鬼的領子，把他往反方向拖走。

走過幾條街後，時間也不早了，最後他們就近找了較少人的店家暫時停留用餐。

打開了軍方頻道，琥珀聽著指揮官視察異變島的新聞，並偵測了港區的莉絲程度，要民眾可以暫時放心，所有狀況都在軍方掌控中，請民眾不要太過恐慌，如果要離開港區，也務必要遵從各區聯盟軍的指揮與管制，避免出現不必要的推擠損傷。

「港區人數下降得很快。」點過菜後，琥珀順手入侵了一下軍方的統計系統，與他們剛到時相比，港區人數直接削減了一半，現在仍在快速遞減中，可能到入夜那時又會少掉很多了吧，從系統上看來，大眾運輸工具例如大型動力車和推進車班班爆滿，港口的船不管是星區船或是航海船也都追加再追加，看來莉絲的威力和陰影果然不是普通地小，還有港區的人跑得也不是普通地快。

「啊啊，希望他們可以快點逃到安全的地方。」當然也知道那種恐怖，所以青鳥不覺得逃走有什麼不行，「可是這樣就更不安全了。」

在這種大家都要逃走的當下，是宵小最容易出沒的時候，尤其大多數人只選擇可攜帶的重要財物，其餘無法帶走的都還放在家裡，今天晚上肯定很多地方都會遭小偷。

青鳥開始思考晚一點出去蹓躂個兩圈，看能不能抓幾個小偷以免居民損失太大。

就在侍者端來港區海產時，他們突然留意到外圍有人在爭吵。

仔細一看，街頭上有一群人正在吵鬧，幾個大白天就喝酒的成人包圍成一圈，氣氛

已經有點火爆起來的趨勢。

「我去看看。」發現他們包圍中心點的人個頭很小，青鳥連忙站起來。

「咦？閒事……」

還沒阻止完，琥珀就看他學長一溜煙地飛射了出去，他只好無奈地先結帳，請侍者保留桌位，然後跟上去。

差不多到了事發現場後他們就後悔了。

被包圍的竟然是那個小強盜。

看見穿著漂亮的美莉雅一臉冷漠地被幾名醉酒的男人們包圍調戲著，青鳥愣了幾秒，接著在對方往裙襬底下摸時，立刻衝上去，「喂喂喂！你們不要在這邊欺負小孩！」會被殺的！這些人絕對會被殺的！而且還會被切成一塊一塊拿去餵各種東西！

「滾開，不需要你的幫忙。」有點訝異這傢伙竟然會冒出來，美莉雅呆了下，立刻破口大罵。

「小孩子閉嘴。」往美莉雅腦袋上敲下去，青鳥卯起勁把那些可能會被宰掉的成人都趕走後，才如釋重負地放鬆下來。

接著他才意識到他保護了強盜。

戰戰兢兢地轉過頭，就看見美莉雅摀著頭，用一種殺人般的目光瞪著他看，「你竟然敢碰我的頭。」

「呃啊！」糟糕！平常被他學弟打習慣了，青鳥驚覺他剛剛也如法泡製地揍下去。不得不說果然好順手啊，難怪琥珀平常這麼喜歡敲他的頭……不對不對，現在不是想這種事的時候了，「妳那些聯盟軍呢！尤森指揮官呢！強盜呢！爲什麼只有妳在這邊！」

這女的根本是殺人兵器啊，居然自己在外面走動！

「不干你的事。」瞇起眼睛，美莉雅放下手，森冷地看著對方，「比起來，你們那什麼處刑者才該逃吧，竟然敢大大方方在這裡走動。」

「誰是處刑者，誰是？妳看到這裡哪有處刑者了嗎？夢話要晚上說比較好喔。」扠著腰，青鳥挺胸把他學弟之前砸他的話送給對面的女孩。

「你——！」握緊拳，美莉雅惡狠狠地瞪著眼前與自己差不多大的男孩，「殺了你！」

「妳又快不過我。」因爲只有一個強盜，青鳥確定周圍沒有她的同夥之後，就哼哼哼地張揚起來，「那比龜還慢的速度，不管來幾次都沒用的。」

「你！」揮出了短刀，美莉雅氣憤地想殺了眼前該死的傢伙。

「你們還要站在這裡被圍觀看笑話嗎？」揉著有點痠澀的眼睛，琥珀打斷了兩個小的無意義的爭吵。因爲吵鬧，周圍已經有幾個路人停下來看戲了，繼續這樣吵下去，可能眞的會引來聯盟軍。

注意到眞的有人在看，美莉雅漲紅了臉收回刀，「別得意，你們也佔不了便宜……喂！聽我說話啊！」

「琥珀，你眼睛痛嗎？」靠過去看他家學弟，青鳥一秒把強盜小姐扔到旁邊。

「應該是藥效快退了，最近沒睡好有點痠。」

「那我們先回去坐吧。」

□

等青鳥坐回已經擺滿食物的座位後，才發現不速之客也跟著坐進來了。

「妳跟進來幹嘛啊？」沒想到這個小強盜竟然會跟著坐到他對面，青鳥目瞪口呆地看著對方還怡然自得地向侍者點飲料。

「我可想近點看看噬想要的玩具是怎樣的漂亮。」美莉雅支著下頷，好整以暇地打量著琥珀的臉，細細白白的，看起來還眞是好賣的樣子，「噬對他可是勢在必得喔，我很久沒看到他這麼在意玩具了。」

皺起眉，青鳥用力地甩甩手，「哪邊涼快哪邊去，眞沒禮貌，誰是玩具啊。」

「湖水綠啊，以前噬也有一個。」看著琥珀漸漸轉綠的眼睛，美莉雅捧著涼涼的飲料，「契奧德殺了她。」

「她？女生嗎？」青鳥睜大眼睛。

「那是好久好久以前的事情了，聽說原本好像是個貴族吧，別支隊伍搶回來的奴隸，那時候首領進行了分配，就派給了噬，噬也很喜歡那個玩具，一直留在身邊養著，後來被殺了。我聽雷利他們說那時候契奧德很嫉妒噬的能力，怕被他奪走位置，就藉故動手。」歪著頭，她想了想，「不過契奧德的腦漿也被挖出來塗在他自己的座椅上，眞是白痴，他以爲有首領當靠山就會沒事嗎……所以爲了你好，你不如就乖乖當噬的玩具吧，未來等我們掌管星區，你就有好生活可以過了，噬對忠誠的玩具很大方，並沒有害處。」

「妳還是晚上再作夢吧。」青鳥嘖了聲，把琥珀連著椅子拉到自己旁邊，「琥珀是我家的，你們想都別想，還有掌管星區什麼的笑死人，大俠他們絕對會代替正義滅了你們這些三流鼠輩，快點回去把脖子洗乾淨一點，等著被天誅吧。」

「你們這些兔輩才應該洗乾淨等著處決！」一摔杯子，美莉雅霍地站起身，用力地把琥珀的椅子拉過來。

差點莫名其妙摔下去的琥珀抓住椅子。

「你們這些殺人犯鼠輩！殺了琥珀爸爸還這麼囂張！才該全部被天誅！」再把他學弟拉回來，青鳥抓緊椅子一邊的把手，和對方抗衡，「小強盜！小殺人犯！」

「誰殺了啊！重要的貨品才不會眞的動手，他才沒死——啊！」猛地鬆開手，美莉雅摀住自己的嘴。

整個力量反衝過來，青鳥一個重心不穩，抓著椅子和琥珀摔成一團，「痛痛痛……妳剛剛講什麼？」

「哼，你耳鳴了！」美莉雅放下手，連忙轉開頭。

「琥珀的爸爸明明在我們眼前被你們殺掉了，爲什麼妳會說沒死？」拉著琥珀站起身，青鳥衝過去抓著女孩的肩膀，「快說！」

「放手！給我放手！」揮出刀子，美莉雅往後跳開。

一起騷動之後，侍者們立刻閃避開來，同時有人通報了聯盟軍。

「這些事情，你們來了就會知道，不是嗎？」

猛一回頭，青鳥就看見不知道什麼時候出現的大強盜抓住琥珀的脖子，還有在學院裡看過的另外那個叫作克諾的中年大肌肉擋在入口處。

接著是地面的影子翻起，變成黑影般的老虎蹲伏在桌面上。

「放開琥珀！」正要撲上去救人，青鳥就被美莉雅的刀給攔下。

「好啊。」還眞的鬆手的噬冷笑著看著馬上退開的少年，「雖然是碰巧，不過看來神八成也同意你當玩物，才會讓你們不斷在我眼皮子底下晃。」

擋在被放回的琥珀前面，青鳥瞇起眼，非常警戒地看著對方，那隻影鬼在周圍拉出了黑影阻隔所有出入口，他們得想別的方式逃走才行。

「難道你是第三類頂端能力者嗎？」抓著青鳥的肩膀，沉默許久的琥珀突然開口：「你是嗎？」

「你認爲呢？」拉出椅子坐下，也不擔心他們會逃走的噬從桌上拿起杯子，很悠閒地喝著飲料。

感覺到身後的琥珀好像突然鬆了口氣，青鳥雖然有點不解，但也不敢在這種時候回頭追問。

「喂，我們也不想浪費太多時間，你們這兩隻就乖一點自己跟上來吧，給你們機會投降，成爲我們的一員就不會虧待你們。」高大的克諾有點粗暴地嚼著某種乾果，然後將殼吐在一邊，「算你們運氣好，噬看得上眼的人不多。」

「想都別想。」青鳥向對方齜牙咧嘴了下，還是緊緊擋著自家學弟，就怕一個不小心被人拉走，「就算死也不會讓你們欺負琥珀。」

「也好，反正你也該死。」倏地站起身，噬揮出了彎刀，冷眼看著羞辱過他的小孩，「你就這樣去死吧。」

「噬……」美莉雅愣了一下，也不知道自己幹嘛要開口，於是立刻閉上嘴退開。

就在青鳥決定不顧一切先反抗讓琥珀逃走時，周圍突然響起了各種裝填和抽出兵刃的聲音。

白色的影子突然出現在四周屋頂上，以極快的速度迴繞了一圈，將整個餐廳露天座位包圍了起來。

陽光下，白色衣袍上的圖騰非常顯眼。

「芙西護船隊。」黑影老虎的嘴裡吐出了聲音，「噬，撤了。」

十幾名芙西護船隊各自站立在制高點處，俯瞰著底下的強盜群。

收回彎刀，噬冷冷地看了眼青鳥，「我們的帳遲早有一天會算清。」

語畢，影鬼展開了巨大的黑影，瞬間包圍住美莉雅等人，下一秒就消失。

□

強盜團離開後，青鳥突然整個坐倒在地，「嚇、嚇死人，還以爲眞的要變成天上一顆星了……」那個大強盜完全不遮掩對他的赤裸殺意，和想留著琥珀玩不同，對方眞的只想要他死而已。

「你們沒事吧！」

從屋頂上跳下來、穿著船員制服的人，仔細一看，竟然是波塞特，「眞是危險，你們怎麼會和強盜團起衝突啊？」

「你們怎麼會在這裡？」迴避了對方的問句，琥珀邊拉起青鳥，邊看著紛紛跳下來的護船隊。

「啊啊，他們是輪休的第二班啊，護船隊有三班輪流保護芙西，大家剛下船要到附近逛逛，想趁休息時做點什麼放鬆一下和準備些物品，所以正好在街頭那邊的酒館包場啊。」波塞特嘿嘿嘿地靠了過去，搭住了青鳥和琥珀，「大家喝到一半聽見這裡有小孩和強盜起衝突，一聽形容我就覺得該不會是你們吧，所以拉著護船隊的人過來，你們這次可欠我一個人情喔。」

看著波塞特，琥珀很老實地道了謝，也沒打掉對方的手。

「需不需要保護你們回住所？」看起來像是護船小隊領首的青年走過來，很友善地詢問著：「你們也是船客，護船隊有義務保護你們的安全。」

正想拒絕護船隊的好意時，街道邊又出現了騷動，然後是聯盟軍的街道巡軍趕了過來。青鳥哇地聲，才想說完蛋了這兩天做滿了會被抓的事情時，意外發現聯盟軍裡竟然也有熟人。

「喔啊，那不是你們那位聯盟軍的學長嗎？」波塞特和護船隊的青年交換了下眼神，青年揮了下手，讓護船隊的隊員們維持著防護隊形警備。

一趕到目的地，柏特看見護船隊眾人時也愣了一下。

並不想和對方打交道的琥珀退到青鳥和波塞特身後，直接避開柏特關心的視線。

「我接到這邊有人和強盜起衝突，一聽形容……」柏特說出了類似波塞特剛剛解釋過的話，然後有點不解地看著整個不客氣笑出來的水手青年。

「芙西的護船隊已經幫我們脫困了。」青鳥連忙問道：「不過你怎麼會跟第七星區的聯盟軍……？」看著柏特像是在帶領著巡軍小隊的樣子，不像是剛好碰上路過。

「因爲異變島造成的災禍，目前第七星區人力嚴重不足，所以我父親的友人請託我留在第七星區的這段時間裡幫忙協助聯盟軍，畢竟我也是能力者，有很大的助益。」雖然不太清楚自己講的話哪裡令人發笑，柏特還是很有禮地向波塞特道謝，「很感謝芙西的船員對學弟們的幫助。」

「沒啥好感謝的啊，琥珀弟弟和青鳥弟弟都是我的好朋友。」側身環著琥珀的肩膀，波塞特揉揉少年的腦袋，「有危險的話我一定會幫忙他們，你就不用擔心啦，好歹我也是芙西的船員，對付幾個強盜還算綽綽有餘呢。」

「對啊，護船隊超強的！」青鳥興致勃勃地跟著說：「說不定比柏特更強，一整個超帥的！」

「芙西護船隊的大名在所有星區同樣響亮，我想肯定是令人難以到達的實力。」朝著護船隊青年禮貌地行了禮，柏特轉頭看著青鳥和琥珀，還是有點擔心地開口：「難道是強盜盯上學弟的眼睛嗎？我想你們在一般旅店似乎不太安全，是不是考慮來住我們聯盟軍……」

「這就不用了。」站到波塞特後面，琥珀再度打斷對方重提的邀約，「我們很快就會跟著芙西返航，波塞特和我們的朋友也會照顧，不需要你費心。」

「……對啊，我們的住所也在他們附近而已，你不用擔心，如果眞的危險，我也會過去和他們一起住宿的。」笑笑地這樣答腔，波塞特按著青鳥的腦袋把他往後撥，「你們就放心執行任務吧，對了，現在巡軍在執行啥任務啊？除了尤森指揮官去視察以外，好像還多了許多班巡軍在行動。」

「目前正在清查商店與住宅，異變島引起的事件出現許多能力者，港區在撤離居民同時也請求徹查支援，我想你們的住處應該也都會被清查，不過芙西的能力者應該是沒問題的。」柏特想了想，還是有點在意，「因爲工作上的需要，我就暫時住在這一帶，是聯盟軍派給我的臨時住所，如果有需要你們也可以來找我，聯盟軍會提供保護。」

下載了對方的住址，波塞特很爽快地點頭：「放心吧。」

送走柏特和聯盟軍之後，波塞特與護船隊稍微交代了下事務，就讓青年也領著隊伍離開了。

「我送你們回去吧。」

□

叫來了動力車，波塞特一直送他們到店家附近的路上。

遠遠地，就看見聯盟軍已經拉出了清查的警戒線，管制著行人和車輛的出入，所以他們大約在幾條街外就下了車，步行回店家。

因爲波塞特擁有芙西船員的身分，所以經過聯盟軍時，三人都沒被找麻煩或攔檢，很順利地一路通行。

「不過眞是太好了，幸好你們兩個都沒事。」邊散著步，波塞特一邊聊了起來，「異變島冒出來當時本來想聯絡的，不過芙西在最高警戒狀態，船長和隊長要所有人就警備位置，害我擔心個半死，才想說今天聚會完再找你們。」

「你看見異變島了嗎？」見波塞特精神很好，也很擔心對方的青鳥才鬆了口氣。

「看見了，那時候我在甲板上啊，眞奇怪，沒聽過異變島會從海下衝撞星區，眞是太危險了，我們船長也說從沒遇過這回事，都不知道是什麼狀況。」波塞特有點疑惑地聳聳肩，「總之大家沒事就好，不過昨天異變島其實有撞到芙西……」

「芙西受損了？」青鳥訝異地瞪大眼睛，他看新聞完全沒感覺芙西有問題啊。

「嗯，異變島衝上來時其實芙西就在一側，所以算是正面撞上，也因爲這樣才急著要提前起行去修整，這件事只有我們芙西的人員知道，嚴禁對外公布的。」波塞特爽朗地咧了一笑：「放心，航行功能完全沒問題，損壞的是通訊部分，所以不用擔心。」

「……就算航行功能受損，你們護船隊肯定也會讓芙西平安到達吧。」經過異變島一事，青鳥對護船隊的喜愛只有無限上升。

「就是這樣！」波塞特很自豪地用力點頭，「芙西是最強的船，你們只要上船就可以放一百二十個心……對了上次簽名不是還沒要完嗎，有機會的話乾脆趁第二次航程簽完吧！」

「可以嗎！」青鳥欣喜若狂地翻出小本子。

「當然……哇靠！你竟然收集到曼賽羅恩……這也太厲害，該不會是昨天異變島遇到吧……」

聽著那兩人討論起簽名本，一直沒說話的琥珀只覺得很無言。

「對了對了，既然你有給曼賽羅恩簽到，那有沒有瑞比特！前天出來的那個，超嚇人的，竟然是個無敵美少女，第七星區居然有這麼令人期待的處刑者，如果不是船長有令，我還眞想衝出去找她，看來瑞比特很有機會成爲月神之後最美的處刑者之星喔！」

「啊哈……啊哈哈哈……」青鳥整個眼神死。

「你不覺得很棒嗎？」波塞特瞇起眼，搭著青鳥的腦袋，「女性處刑者沒幾位喔，七大星區第一名就是月神，現在有新人出現，不是很有趣嗎？」

「啊哈哈……對啊很期待……」很心虛地僵硬回答，青鳥一整個眼神飄忽。

「……所以這樣說起來，你這小子就是瑞比特嘛！」突然抓住青鳥的腦袋用拳頭轉，波塞特無視哀哀叫的小孩，「可惡！害我剛看到時還心動了一下，眞的考慮要參加瑞比特和兔俠的後援會！現在新加入還送杯子！你要怎麼彌補我受創的少男心啊！你們這些奸詐的小子，竟然還入侵軍方系統修改臉型，害我一下子沒認出來；如果不是因爲跟你混得很熟，注意到你們的肢體動作很像，我還眞沒有聯想在一起！」

「一切都是意外啦意外啦——」被轉到眼前出現一大堆星星，青鳥連忙大喊。

「原來你們是來第七星區出道的嗎，也不早說，我可以幫你們做更多後備效果啊，七彩炫光啥的我以前也做過不少，大家都是同好，何必如此客氣。」也不給青鳥反駁的機會，波塞特壓低聲音：「不過青鳥小弟，說眞的，以後別這麼輕易承認，既然都是有名字的處刑者了，現在開始不管是誰問你都不要承認，不然很快就會全面和聯盟軍爲敵，太危險了。」

走在一旁的琥珀也沒阻止，就冷笑了聲。

他多多少少有猜到波塞特應該會認出來，畢竟在船上那幾天這兩個人幾乎是黏在一起的，瑞比特的通緝一發，通行七大星區的芙西自然也會收到聯盟軍訊息，這沒有什麼好奇怪的。

比起來，並不常和青鳥打交道的柏特就沒看出來了。

「唔、嗯，我知道了。」乖乖地點了頭，青鳥就看到一張紙型相片遞到他面前，該死的還是他那天踩銀線出現救兔俠的畫面。

「你懂的，好東西要和好兄弟分享，順便簽一下吧。」波塞特嘿嘿嘿地拿出筆遞過去，「回去可以跟我哥炫耀。」

青鳥無言地簽下他人生第一個處刑者之名。

露出邪惡的笑收下了照片，波塞特轉頭看向旁邊的琥珀，「玩歸玩，你們兩個可要特別小心喔，雖然第七星區的警備很鬆懈，但是處刑者也不是鬧著玩的，千萬要保護好自己，如果眞的不行就聯絡我，芙西在各地都有辦事處，就算不在，我也會想辦法請朋友幫你們。」

「嗯。」點點頭，琥珀表示理解。

「這樣說起來，當初跟你們上船的人和行李……」波塞特露出瞭然的表情，「我知道了，這件事我會保守祕密，應該是和第六星區的飛行器那事情有關吧。」

「大致上也就差不多如此了。」並沒有否認，琥珀想了想，開口：「你要和我們一起回去嗎？」知道歸知道，他們還沒跟黑梭打過招呼，就這樣貿然把芙西的人帶進店裡似乎也不妥。

「我就送你們到門口，有機會再拜訪比較好……那是怎麼回事？」話還沒說完，他們就看見黑梭的店門前好像起了爭執，幾個聯盟軍站在外面，氣氛不太對勁。

注意到香朵攔在門口，和聯盟軍起了衝突，琥珀皺起眉，「她在幹什麼？」

「是不是店裡出問題？」青鳥有點緊張地想要先過去看看狀況。

「我先去看看，你們在這邊等一下吧。」

第三話▼▼▼追蹤者的機組

「不行不行，我們有很重要的客人，不能讓你們進去打擾。」

波塞特靠近店前時，就聽見女孩不斷地阻攔聯盟軍，看來已經有一小段時間了，幾個聯盟軍的臉色很難看，似乎打算將女孩拿下。

「這邊發生了什麼事嗎？」

轉過頭正想驅逐來者，聯盟軍一看見芙西的制服，就緩下臉色，「沒什麼，我們正在執行清查的指令，這家店拒絕配合軍方安全檢查，正打算通報軍隊。」

看向女孩，波塞特有點疑惑，路上已經知道了青鳥他們的事，所以他大概可以推測得出來那時候上船的應該是兔俠組織的人，那麼這家店大概是所謂的駐點了……因爲兔俠組織剛被剿滅過，能藏身的地方八成也不多。

既然是據點，那麼應該會做好防偵查的準備，這女孩又在激動什麼？

抓抓頭，波塞特明顯可以察覺到聯盟軍的小隊朝他露出期望的表情，大概是希望芙西的人可以幫忙點什麼，這樣就可以減少很多麻煩。

「既然是例行性的安全指令，那麼應該沒什麼好不能配合的地方吧。」正打算開口，後面傳來的聲音打斷了波塞特，一回頭就看到青鳥蹦蹦跳跳地跑過來，還抬手向女孩打招呼，「我回來了。」

沒看見琥珀，波塞特想了想，也看向女孩，「對啊，既然只是安全指令，那麼配合一下也無妨，客人應該不會介意吧。」

「這個……」香朵看著青鳥，很猶豫。

「再不配合，就申報軍方部隊來扣押你們店家。」已經很不耐煩的聯盟軍火大地撥開了擋路擋很久的女孩。

「大爺們請稍等一下啦。」笑嘻嘻地跟著走進去，青鳥在幾個人不悅的目光掃來時連忙說道：「是這樣的，因為我朋友也不太方便，我請大家先喝一杯酒，然後等個兩分鐘再開始檢查如何？」

「……不要再擋路了，不然我們會翻臉。」聯盟軍黑著臉看著矮小的男孩。

「好吧好吧，火氣別如此大，但是別嚇到我朋友，感謝。」青鳥連忙讓開路。

「這小孩和他朋友是第六星區聯盟軍柏特的朋友，你們搜查上稍微注意一下吧。」波塞特笑笑地拍了拍小隊隊長，搭著對方肩膀附上了句：「這兩天港口不太穩定，你們也辛苦了。」

「原來是柏特先生啊，知道了，我們會注意的。」小隊長緩下臉色，向波塞特道謝後就開始清查店內。

吧台內的一九非常警戒地看著到處觸碰東西的聯盟軍。

接著聯盟軍開始轉向上面的客房。

見他們沒發現地下室的存在，青鳥偷偷鬆了口氣，然後跟在聯盟軍後方上了二樓。

也不知道他們在玩什麼把戲的波塞特環著手，亦步亦趨地尾隨。

就在走上樓之後，某間房傳來騷動聲，聯盟軍對看了一眼，馬上大步跨過去打開房門，正要做點什麼時，一大堆泡泡突然就從房裡飛出來。

還沒反應過來，聯盟軍只目瞪口呆地看著房裡滿滿的白色泡泡。

「抱歉抱歉。」

壓著隻全身沾滿泡沫的大黑狗，不知道什麼時候回到房裡的琥珀也全身濕漉漉的，有點困擾地看著房外的聯盟軍，「請問有事嗎？這傢伙不太聽話，洗到一半把客房都弄髒了。」

「湖水綠。」注意到少年的眼睛，聯盟軍小隊竊竊私語了起來。

「對啊，作爲柏特的朋友，應該是很貴重的客人吧，就連柏特先生也邀請了好幾次，不過這位客人還是比較喜歡這邊的街道。」波塞特笑笑地插話了進去，還好心地拿出手巾幫聯盟軍擦掉沾上的泡泡，「所以店員會這麼著急也是正常的嘛，就別跟店家計較了。」

「對啊對啊，大家都會擔心陌生人嘛。」青鳥也跟著跳進房裡，差點踩到滿地的泡泡滑倒，「大爺們就請搜查吧。」

壓低了聲音交談了幾句，帶頭的小隊長又看了眼琥珀，「這邊應該沒問題，我們看看其他房間就走，雖然第七星區不如其他星區戒備完全，不過對於貴客也是很重視的，如果有需要幫忙的地方也請務必通知我們或柏特。」

把滿頭泡泡的大狗推進浴室，琥珀撥開濕濕的頭髮，露出微笑，「我明白，謝謝幾位。」

接著聯盟軍退出了房間，把店家其他空間稍微搜查了下，讓滿臉不悅的香朵認證過後就有禮貌地離開了。

聯盟軍一退出店家後，香朵立即把店給關了。

順手拉上房門，波塞特看著滿房間的水和泡沫，吹了聲口哨，「你是怎麼在這麼短的時間裡把房間弄成這樣的啊?」他們也不過才在樓下耽擱了一點點時間。

「只要懂原理就很好製作了。」收起了敷衍用的笑容，琥珀走進浴室，然後開水把自己和狗身上的泡沫給沖乾淨。

「發生什麼事啊？」青鳥翻出了毛巾，稍微擦拭了下地板，以免又打滑。

「黑梭和兔子在這邊。」琥珀接過波塞特遞來的毛巾，說道。

「哪裡？」青鳥眨眨眼。

就在問完之後，天花板上的隔間傳來了騷動。

「在下在上面。」

接著他們看到天花板角落的木板被推開了個洞，一條白色的布偶腿露出來，晃動了兩下，「在下的頭好像卡住了。」

「呃……」青鳥傻眼。

「我幫你。」波塞特靠了過去，用力一跳抓住了布偶的兔腿，然後往下一扯——

某種撕裂的聲音瞬間傳來。

□

「總之，非常感謝閣下的救助。」

五分鐘後，大白兔坐在已經被擦拭乾淨的地板上，非常有禮地朝波塞特一揖。

「不客氣，但是你的臉眞的不需要縫嗎……？」雖然覺得被兔子布偶感謝很有趣，但是波塞特更介意對方的臉。

端坐在那裡的兔子臉上正中間撕裂了一條口，還正好在兩眼中間、從頭頂破到下巴，目前露出了棉花，怎麼看都有點怪怪的。

「在下等等會處理，請別介意。」

「不不，我會介意視覺上的問題。」波塞特從隨身小包中翻出針線，「我看還是先處理一下比較好說話。」

「在下、在下——」

接著青鳥就看見大白兔被按在地上縫臉，過了半晌再坐起來的兔子，臉上就出現一條直立式縫線。

「這樣看起來好像更奇怪了。」青鳥有點傻眼地看著那條超顯眼的大紅線，「好像被詛咒之類的。」

「似乎也有長那樣子的玩偶，不如再縫個嘴巴？」波塞特用一種「魚肉」的視線打量大白兔。

感覺到某種危險的大白兔整隻往後退了兩步。

「你們就別欺負兔子了。」

青鳥和波塞特轉過頭，正好看見黑梭一邊套衣服一邊走出浴室，「雖然那樣看起來也很有特色。」

「對吧，而且還有威嚇敵人的作用，你們可以考慮看看換樣子喔。」把針插回小包裡，波塞特爽快地笑了下，然後朝黑梭伸出手，「膚色都不同了啊，真是的，下次可以明講啊，我可是支持處刑者的一方，還可以幫你們做掩護呢。」

苦笑了下，黑梭和對方握了手，「這可不是能明講的事情。」

看著琥珀也換了乾淨的衣服隨後走出來，青鳥眨眨眼，很好奇地鑽進浴室，「剛剛那隻狗呢？那隻好大的狗咧？」

琥珀白眼了他家學長，「不就是黑梭嗎，還有那也不是狗。」如果真的是狗，他就不用去搞那麼多泡了，幸好那些瞎眼的聯盟軍也沒發現不對勁。

「傷口碰水眞是痛啊。」摀著胸口坐下來，黑梭正想開口，就看見青鳥一臉呆滯的盯著他看，「……又怎麼了？」

「你是狗？」青鳥一下子反應不過來。

「啊啊，是高階能力者嗎？」一邊的波塞特倒是立刻進入狀況，「原來兔俠是兩個

高階……或是頂端能力者組成的啊？難怪可以跟聯盟軍玩這麼久。」

「所以你是狗？」青鳥馬上變成崇拜的表情。

「到達高階以上的能力者大部分都可以轉換完全型態，這不奇怪吧，學長你不是也看過月神和黑梭之前的變化嗎？」擦著頭髮，琥珀放下毛巾，找到了茶葉和茶水，幫大家沖起茶，「即使是野獸系的也有自己獨特的完全擬換能力，這很正常啊。」

「咦，這樣上芙西不是就可以用狗上去嗎？」青鳥想了想，有點疑惑。

「行不通的，別小看護船隊，這種方式有其他人用過，下場很慘喔。」波塞特笑笑地拍拍青鳥的腦袋，「有多慘就不形容了，反正就是超乎你們想像的慘。對了，剛剛你們是怎麼了？」

和大白兔交換了一眼，黑梭也就不掩飾了，畢竟他們在芙西上也知道青鳥和對方走得很近，當時就大致上明白這個人並不是壞人，「我們發現有不明物體侵入店內，約有四、五個，配有反探測系統無法用儀器搜索，只能追蹤味道，正和兔子在清除時，聯盟軍就來清查了，前後院都有聯盟軍監視，而且也不能讓不明物體進到地下室，所以才暫時躲到客房。」

「所以我走小巷從廚房窗戶進來後，就看見他們在上面，問了下知道黑梭有全化能力，才讓兔子躲到上面，然後假裝在洗動物。」比起費心思和聯盟軍周旋，這種更單純的方式反而比較不會讓人起疑。琥珀如此說著。

「其實黑梭和在下出任務時也經常變化，所以原本也打算用這種方式躲避，但是又擔心會遭到懷疑，幸好及時解圍了。」正坐著，大白兔非常誠懇地再度道了謝，「不論如何，都讓你們費心了。」

「先不說那個，你們說入侵的物體是怎樣的東西？」比起那些沒完沒了的謝意，琥珀比較在意的是另外一個。

「是個奇怪的玩意，等等我拿一下。」這樣說著，黑梭突然伸手往大白兔的後頸進去掏了掏，抓出了巴掌大的銀色物體。

那是個半圓形的小型活動儀器，上面覆蓋一層小翅膀，周圍有左右各六、共十二根細長爪足，那些爪足被打斷了兩根，從斷裂處淌出一些無氣味的藍色液體。

「看起來像是間諜儀器。」琥珀瞇起眼睛，仔細地檢視已經失去動力的物體。

「我看過這個。」坐在一旁的波塞特擊了下掌，所有人立即把視線轉向他，「的確是情報儀器沒錯，印象中是在第三星區靠岸休息時看見的，當時港口區有黑市商人交易這種東西，價格不菲喔，我本來想買一個偷偷監視我哥平常的生活，然後剪輯一下來取笑他……當然沒這樣做，琥珀弟弟不要用那種好像在看垃圾的眼神看我。總之，這玩意是一整套組在賣的，還要有門路才拿得到。」

拿來自己的行李，琥珀從裡面翻出了小工具，然後拆解物體，「內部是高規格的零件，用得起的人不多，你們只有抓到這隻嗎？」

「跑得滿快的，不過其他的也都還在店裡。」一直鎖定氣味的黑梭嘖了聲：「北海也出門了，不然可以借用水來追堵這種小東西。」

看著黑梭，琥珀慢慢開口：「這裡不是也有一隻跑很快的嗎。」

「咦？」

抓住自家學長的領子拉過來，琥珀幫大家介紹那個一樣跑很快的東西，「按下去、扔出去，他就會追著跑了。」

「什、什麼啊！琥珀你這種介紹是怎麼回事！」按下去扔出去是怎樣！他是吸灰塵的清潔儀器嗎！青鳥連忙掙脫他家學弟的手抗議。

「就是使用方式。」

朝琥珀揮了揮空拳，青鳥繼續發出無聲抗議。

「那麼就請青鳥小弟幫個忙吧。」

黑梭直接朝對方的腦袋壓下去。

□

幾個長得一樣的銀色物體堆疊在地上。

「應該就這些了吧。」青鳥拍拍手，把手上的短刀還給黑梭，「沒想到碰到還會攻擊人耶，這到底是什麼鬼東西。」

在黑梭的指引下，他花了一點時間從各個角落追出這種東西，雖然速度眞的很快，不過青鳥認眞追起來，這些東西也不過爾爾，很簡單就全部擺平了。不過在追逐過程中，這些小東西還試圖噴出腐蝕液體攻擊他，有些許危險性。

「試著解析內建記錄儀就知道了。」把幾個東西的零件全部拆解後，琥珀挑出了裡面的圓形小珠子，「不過這類東西應該都有建立自毀系統避免被反追蹤，得重新組織訊息了，運氣好應該會有點什麼。」

「交給北海做吧。」要重建這種破碎訊息並不容易，且有時候耗費的時間很長，大白兔一如往常地和黑梭點點頭，等待另一名同伴回來再轉交。

蹲在一邊看著所有人很自然的動作，青鳥歪著頭想了下，有點感觸地開口：「這樣看起來還眞的很像是一個組織啊。」怎麼會合作得這麼自然呢？他學弟還開口閉口說不要，結果根本比自己還起勁嘛。

人果然就是要好好相處了解一下，心胸才會開朗。

「好像稍微有那種感覺。」從頭到尾都坐在旁邊喝茶吃點心的波塞特也跟著同意，「高階能力者、輔助能力者還有『頭腦』，看起來是很理想的組合。」

頓了下，琥珀冷冷地看了眼波塞特，然後把珠子轉交給大白兔之後就坐到一邊去調藥了。

不知道爲什麼會被白眼，但也沒特別介意，波塞特把最後一口點心吞掉後站起了身，「時間也不早了，我得先回去一趟，還得請護船隊喝一杯呢。」

「我帶你下去。」跟著起身，黑梭向大白兔點了下頭，打算順便與對方談看看另外一件事。

一打開門，就看見香朵正好跑上來，臉色有點不好看，「又有聯盟軍來了。」

「嗯？」房裡的人和兔紛紛站起身。

「是找琥珀的，他說是你們的學長。」

皺起眉，琥珀馬上知道又是什麼麻煩人了，肯定是剛才的聯盟軍搜查完之後，通報了柏特這裡的事，然後那個柏特又好心地跑過來，「學長你下去。」

「啊？柏特人很好啊，何必這樣。」不懂琥珀爲什麼這麼討厭對方，青鳥抓抓頭。

「我們從後門走吧。」看著兩個小的也沒有要求助幫忙趕人，波塞特就拍了拍黑梭的肩膀，直接離開了。

站在門邊，香朵有點爲難地看著琥珀，「你們下去看看吧，那個聯盟軍不是很好打發，堅持要確認你們的安全狀況。」

「走吧走吧，別給大俠他們添麻煩了。」拉著琥珀，青鳥和大白兔打了個招呼後就往樓梯走，「爲什麼你會這麼不喜歡柏特學長啊？我記得你們之前並不認識啊？」因爲個性關係，他學弟身邊的朋友本來就不多，平常也沒看過他對同學排斥成這樣，所以他還眞不解到底是怎麼回事。

很不願意地被抓著走，琥珀嘖了聲：「他給人的感覺非常不舒服。」

「會嗎？柏特人很好啊。」在芙西上還指導他不少招式，所以青鳥對對方的印象十分良好。

「我不喜歡他，除了原本就不喜歡之外，不管是湖水綠還是學弟身分，你不認爲他自顧自地把我們劃入他的責任範圍是很無理的事情嗎？」而且對方還很理所當然地這樣認爲，從一開始琥珀就對這點感到很反感。

柏特和他們並沒有關係，只是因爲正義感或是什麼見鬼的責任感作祟，就認定自己對弱小和珍貴的湖水綠有責任和義務，但是他沒有那個立場，所以讓人感到很不悅。

「這……好像是有點。」在船上其實也曾聽琥珀抱怨過好幾次柏特打擾他，青鳥抓抓臉，他自己本身神經大條，所以在人際上也很隨便，不過仔細思考，比較敏感的琥珀會反感也是正常的，「糟糕，你該不會也很討厭我吧！」某方面而言，他也超糾纏的！還常常被打被踹被潑冷水！

「對，我很討厭你。」完全不掩飾自己的厭惡，琥珀冷眼看著在走廊上跪倒無言問蒼天的矮子，「但是學長起碼沒將我當成物品。」而且事實上，他的確有這個立場……

心靈遭重擊的青鳥悲苦著臉爬起，「嗚……心眞痛，不過哥哥會堅強活下去的。」

「你就這樣活不下去也無所謂。」直接補上第二刀，琥珀繼續冷眼對方再度跪倒。

「算、算了，我早知道琥珀愛講反話，我一點都不介意，完全不介意。」含著眼淚，青鳥拍拍胸口，轉回剛才的話題，「我想柏特應該沒那種意思吧，說不定他也和我一樣想當哥哥，這樣你就有兩個哥哥了啊。」

「……他既沒有參加過最噁心大會，也沒有用鼻子吃過湯圓，要用什麼立場來介入別人的生活。」就因爲他有正義感、是聯盟軍，然後他是湖水綠嗎？別說笑了。

盯著琥珀冰冷的臉側看，青鳥想了想，咧開笑容，「所以你承認我是嘛！乖孩子乖孩子！」

「誰承認了，不要摸我的頭！」竟然踮腳摸他！

「你承認用鼻子吃湯圓啊。」

「誰會承認那種噁心的事情！」

「你啊你啊你啊，剛剛還很害羞地說柏特沒參加過噁心大會，所以沒立場啊～～」

「不要再亂碰我了！給我滾開！」

「哇啊啊啊——」

一聲巨響從樓梯處傳來。

原本在櫃台邊等待的柏特立即站直身，下意識地將手按在佩刀上，接著才看見從大廳旁側樓梯滾下來的是那個很嬌小的學弟。

「痛痛痛……痛死人了……謀殺啊……」從二樓一路滾下來的青鳥抱著頭慘叫。

接著追下來的琥珀檢視了下，確定對方沒事之後才沒好氣地把人拉起，「誰教你要站在樓梯口。」

「我站在樓梯口是要下樓啊，正常人不會把和藹可親的兄長從樓梯口推下來吧……嗚啊啊啊！流鼻血了！還撞到頭了，長不高你要怎麼賠！」摀著鼻子，青鳥接過一九連忙遞來的乾淨毛巾壓著臉，「還好我反應夠快，沒有撞到要害……」他可是在那瞬間用最快的速度縮頭縮尾捲身體，不然按照一般人的滾法大概都殘了。

「幸好沒事。」按著對方的臉，確定止血之後琥珀鬆了口氣，接著想起還有個麻煩的人在。

轉過頭，果然看見柏特站在一旁，有點錯愕地看著他們。

隨後，一九幫他們整理了有隔間的雅座，讓他們幾個人自己去不礙事的地方談。

用更換過的毛巾把臉都擦乾淨後，青鳥揉著還有點癢癢的鼻子，然後看著一邊的琥珀和柏特。雖然柏特可能看不太出來，但是琥珀很明顯整個不耐煩，「呃……所以我跟琥珀都很安全，你可以放心回去了？」

有點無奈地笑了下，柏特來來回回地看了眼前兩名學弟半晌，「我很誠懇地邀請你們搬到我目前被分配到的住處，這樣下去我實在很難放心。」

「不過就是聯盟軍例行搜查，有什麼好婆婆媽媽的。」皺起眉，琥珀拿起桌上的茶杯，「剛剛也說過了，芙西的朋友會保護我們，麻煩你不要再來多管閒事了，我對你的騷擾感到非常厭煩。」

「喂喂，這樣講也太凶狠。」偷偷抓住琥珀的衣角，青鳥尷尬地低聲說道。

「沒關係，在船上我就已經習慣學弟這種直率的態度，不用介意。」絲毫沒有發火的柏特勾起微笑。

什麼直率！

琥珀眞想把手上的茶水潑過去，然後抓住對方的頭往牆上撞，讓他可以腦子清醒一些。不過一旁的青鳥抓住他的手臂，讓他沒辦法順利地潑。

「眞的不用想太多啦，我們會照顧好自己。」完全看出他家學弟想要把杯子往別人腦袋上砸，青鳥努力地攔住對方，「聯盟軍應該很忙才對，現在人手不足啊，不要浪費時間跑來跑去啦，我們完全沒問題！」

「你們……」

「如果沒有其他事情，請不要再隨便來打擾我們。」倏然站起身，琥珀正想直接轉頭就走時，突然留意到柏特尷尬的表情，「……謝謝你的關心，但是我眞的不需要。」

「琥珀，等我一下。」連忙向柏特道了歉，青鳥直接衝去追他學弟。

被留在位子上的柏特看著一大一小離開的背影，淡淡地嘆了口氣。

他是真的不介意琥珀的態度。

他唯一在意的是湖水綠的安全。

離開店家後，柏特很快就看見停在街道上等待他的動力車。

「巡軍說你在工作結束後就來到這家店。」站在一邊的布蘭希瞇起眼睛，「熟人嗎？聯盟軍可以提供保護，讓他們先從這裡撤走，不用與一般人爭道。」

「是我學校的兩位學弟，也是一同搭芙西來的，似乎要幫家裡辦點事情，我會多留意他們的安全，統帥不用為此分心。」行了軍禮後，柏特與對方一起上動力車，「尤森指揮官視察得如何？」

「看過了異變島的掃描，目前還查不出更多資料，島嶼本身似乎有防掃描……也有可能是污染讓儀器失效，尤森指揮官已經回到港區軍方中心，我們現在也要過去。」看了眼青年，布蘭希其實很不明白為什麼上級要極力推薦這個第六星區的外人，還讓對方加進他們的部隊中，甚至發派一支小隊給他。即使是能力者、即使是上位者之子來實習，這樣似乎也太過不合宜了一點。

雖說是七大星區聯盟，但每個星區都是獨立統治和各自爲政的，並非同樣因爲都是聯盟軍就可以互相插管其他星區的任務。

布蘭希實在有點搞不懂。

不過單純就實力來說，這個年輕人的確可以期待，除了是能力者外，本身的鍛鍊也做得很好，假以時日應該會是很重要的聯盟軍幹部。

或許是因爲這樣，所以總長才希望他們能夠一起合作吧。

「統帥爲什麼會想加入聯盟軍？有特別的理由嗎？」看著窗外飛速掠過的街景，柏特勾起微笑問道。

「……正義，第七星區的正義。」停頓了數秒，布蘭希回答這個已經有許多人問過她的問題，「第六星區可能不太明白我們這裡的問題，第七星區長期被軍方、能力者、強盜三方擠壓，普通人民的生活相當艱辛，我希望匡正這個錯誤，讓人民得以像其他星區般和平地生活，所以必須剪除不應該有的。」

「原來如此，就某方面來說，我們還眞是志同道合的夥伴。」在學院時，柏特的確也是朝這方面前進。

車內再度陷入一片沉默。

過了幾分鐘，布蘭希才緩慢開口：「我出生的小鎮非常偏遠，那裡的地理位置很容易受到強盜和海盜的攻擊，但是我父母堅持要留在那邊，因爲那裡有許多鎮民，大人、老人和小孩，並不是每個人都可以從那裡撤退離開，所以全部鎮民們合作抵禦各種攻擊……聯盟軍、百姓、能力者，每個人都只想要活下去而已。」瞇起眼睛，她回想起遙遠的回憶，「我憎恨那種生活，所以在那時候，放棄了父母家人還有鄰居的那些孩子，與一些受不了的鎮民一起逃走。但是我們才逃出沒多久，鎮上突然無預警地遭到強烈攻擊，整座小鎮完全被屠滅，得救的人寥寥可數。」

重新回到鎮上後，四處都是支離破碎的屍體與毀滅的建築。

她所知道的父母和家人已經變成肉塊，那些鄰居孩子也已經不成人形。

然後聯盟軍給了他們新的處所，她也在那時重新獲得新的身分，遠離了所有認識的人，獨自去了其他星區進修，再回來時投入了聯盟軍賣命。

「這一切都是那些擠壓者的錯。」

但是，也是太過弱小的他們的錯。

「我想要打造一支非常強的聯盟軍，讓第七星區不用再依靠那些可笑的處刑者、強盜和海盜，每個平凡的人都可以好好地活下去。」

看著女人堅強的側臉，柏特淡淡地開口：「那是多久以前的事情？」

布蘭希偏過頭。

「十七年前，第七星區最嚴重的強盜攻擊案。」

第四話▼▼▼尤森

第六星區

小茆俯瞰著黑色的大地。

飛行器那日之後，幾乎全毀的校舍直到現在還是黑暗一片，聯盟軍封鎖了學校一帶，連商家都跟著關閉了，整個校舍區毫無人煙，只有偶爾從邊緣經過的巡軍。

似乎沒有異狀。

「小茆，有什麼收穫嗎？」

手上儀器傳來蕾娜的聲音。

「暫時沒有，情報可靠嗎？」懶洋洋地坐在半空中，小茆隨手紮著屬於月神的美麗髮絲。這種監視任務最無聊了，露娜想在家陪阿德，所以大多時候都是她來執行這類枯燥的任務。說起來，青鳥如果眞要認眞當處刑者，她一定要拉回來作夥伴，這樣無論去哪邊都會很快樂的。

「應該是百分之百可靠，聯盟軍這裡有影像畫面，錯不了。」

「那我再等等。」

繞出淡淡金色的微光，小茆無聊地做成很多小小的形狀玩。

蕾娜在森林之王時可以和泰坦在一起，所以她也是有人陪著的。

森林之王組織其實比聯盟軍想的還要大，早期只有泰坦那時，只是個庇護所，蕾娜加入之後成爲組織重要人物，規劃了很多分項，除了提供庇護，也訓練年輕的一輩四處幫忙探索情報和保護黑森林。

而蕾娜本身也潛伏在聯盟軍中很久，甚至取得了內部職位，因爲後備能力太過出色，所以被賦予地區聯絡官的地位，負責幫聯盟軍和民間合作單位聯繫，屬機動性質，不用天天出入聯盟軍，也大大降低曝光機率，至今還未被懷疑過。

因爲有這層身分，所以蕾娜在布置資源方面一直都有優勢，除了亞爾傑的多事之外，蕾娜才眞正是黑森林到現在還屹立不搖的原因。

「我會陪著妳，雖然是在線上。」

有點溫柔的聲音從儀器中傳來，小茆微微一笑，「我又不是露娜，露娜才怕寂寞，她很怕很怕，更怕沒有阿德。」

「妳和露娜是一樣的。對我來說，妳就是我另外一個姊妹，所以妳不用擔心，妳和我們都是一家人。」

蕾娜的聲音很輕柔，讓小茆愣了愣，然後眨眨有點酸的眼睛，「放心，我沒問題的，我也會一直照顧露娜，就算阿德眞的撐不下去，我還是會陪著她。」

「……那時候，眞的很謝謝妳陪在露娜身邊，如果不是妳，我已經失去露娜了。」

正要開口之際，小茆瞇起眼睛，注意到黑暗中似乎有什麼動靜，「先這樣。」暫時抹去了儀器的通訊聲，她發動了能力，清楚看見了下方鬼鬼祟祟的人。

那是個聯盟軍，從身上的徽章看來，應該是低階巡軍，但並未與隊伍一起行動，看來是擅自跑到這個地方。

慢慢降到附近的地面，小茆解除了能力隱蔽起來。

跟在那名巡軍後面，她看著對方走到了當天飛行器摔落的區塊，飛行器已經被聯盟軍處置了，現在只剩下很大一片黑色空地。

在那邊等待巡軍的，是另外一個打扮像普通百姓的人。

總覺得那個人有點眼熟，但是小茆對不可愛的東西實在沒什麼記憶力，尤其還是個又大又不可愛的男人，於是她拍下了影像，傳給另一端的蕾娜後，便開始凝神聽這兩個傢伙在搞什麼鬼。

「這是聯盟軍分解飛行器的所有資訊。」巡軍緊張地從身上拿出一枚小珠子交給男人，「在他們分解之前，我已經按照你們的吩咐破壞飛行器上指定的關鍵部分，聯盟軍不會得到有用的情報。」

接過珠子，男人冷笑了聲：「很好，你該得的部分離開這邊後馬上就可以看見。」巡軍露出興奮的表情，連續道謝之後，轉身離開了。

就在小茆想要出面抓住那個男的同時，一股風從另外一邊颳過，眨眼瞬間，男人的頭顱竟整個被削掉，身體在幾秒之後才倒下，根本來不及意識到發生了什麼。

她看見一柄眼熟的特殊長柄刀就插在屍體旁邊。

「伊卡提安嗎？我正要逼問幕後耶。」沒好氣地走過去，男人完全死透了，死得不能再死，小茆本來想抓住對方先賞兩拳的準備也全都用不上了。

「已死的人，就應該徹底回歸塵土。」淡淡的聲音隨風傳來，「妳先看看夥伴的訊息吧。」

看了下儀器，蕾娜果然發了訊息，小茆邊拔起長刀往黑暗中一甩，邊打開聯繫。

「這個人應該已經死了。」蕾娜有點意外的聲音從通訊中傳來，「朱火強盜團的同夥，大衛，早在他們來到第六星區那天被同伴崩成灰，不應該還存在。」

小茆皺起眉，「變成灰還活著？」地上的屍體的確直到剛才都還活蹦亂跳的，完全不像死人。

「如果他不是第三類能力者，就是崩他的人是，否則不可能會有這種事情。」蕾娜頓了頓，「那名巡軍我會繼續追蹤，妳先把他們交易的物品帶回吧。」

蹲下身，小茆在死人身上翻找了下，拿出了剛才的小珠子，同時也發現對方身上藏著一次性的毒物……看來剛才如果逼問，這傢伙應該也會立刻自我封口，不管伊卡提安有沒有出手都是死定了，「你要一份嗎？」揚揚手，她對著黑暗處詢問。

「不用。」

收刀聲之後就再也沒動靜了。小茆知道對方已經離開，看來對方也是今晚來等待這場交易的，不過她竟然完全沒發現還有這個人在……幸好不是敵人。

準備打道回府時，蕾娜的訊息再度傳來。

「阿德那邊發現線索了。」

夜晚到來時，同樣有著宵小會伺機而動擔憂的大白兔離開了店家。

「你們兩個還真是越做越起勁了啊。」

看著一身黑色華麗洋裝的青鳥，黑梭靠在門邊，都不知道應該讚歎那神奇到詭異的變裝，還是該阻攔他們。

「防範宵小人人有責啊。」甩甩手上的傘，青鳥發現他家學弟居然還把傘弄成黑色的好搭配衣服，也不知道這麼短的時間裡是怎麼變色的。

「兔子去巡了貿易和商店區，學長你就走住宅區吧，路線圖幫你輸入好了，也會隨時調整位置，讓你不會和巡軍撞上。」幫青鳥做好服裝上最後的調整，琥珀往後退開，「差不多這樣就可以了，沒事的話就早點回來睡覺。」

「好！」

拎著洋傘，青鳥跳出窗，很快就消失在黑暗的街道中。

將地上用具一一收拾歸類回行李箱內，琥珀終於騰出空把從荒地據點買回的物品稍作分類。

「藥有用嗎？」看著還站在那邊的大人，他想了想，順口問道。

「有，眞感謝，比較沒那麼痛了。」黑梭乾脆拉了張椅子坐下來，看著對方收整物品的動作，「但是兔子也太嚴格了，我不過就是拿個酒瓶，竟然二話不說打破酒瓶。」想說既然不痛了，喝一小杯也沒關係，結果監視他的大白兔一看到，突然出現在他的正前方，接著就是酒瓶直接在他面前變成碎片的畫面，完全沒得商量。

「如果是我，就不會擊碎酒瓶。」搖搖沉澱的瓶子，琥珀補了句：「我會直接揍你的臉。」打酒瓶太浪費，都說了禁酒，這種人眞該直接打臉。

「如果說青鳥小弟是衝動派，你根本就是比他更衝動的那種類型吧，只是掩飾得很好。」經過這陣子的相處，黑梭完全把對方一開始的文靜印象抹掉重來。

勾起淡淡的微笑，琥珀看了不知死活的傢伙一眼，「衝著這句話，你當心明天早上起來會變成金髮美女，我多得是讓你喪失嗅覺的方法。」

「喂喂喂，何必這樣就生氣啊。」

就在要回敬對方一拳時，某種叮噹聲響打斷了琥珀的動作，停下分類，他打開了手上的儀器。

「怎麼了？」黑梭也正起神色，看著空氣中跑動的文字。

「上次那個飛行器裡的珠子似乎解析出一點東西了，沒想到重新拆組需要這麼久的時間，對方破壞得比我想像中還要嚴重。」不太想拿出行李箱的主控儀器，琥珀拉出了隨身的接上線，然後快速地調出解析好的部分，「不太多。」

很想告訴這小孩連北海都還沒有個頭緒……黑棱嘖了聲，靠過去看上面已經分析出來的東西。

「解出的部分是一份座標。」翻轉了出現的數字，琥珀拉出圖形，「第六星區的座標，他們果然一開始就打算停留在第六星區了，墜落雖然是意外，不過目的地是正確的，這個座標最終位置是在……」看著上面的區域，他猛地皺起眉。

盯著位置，黑棱突然知道那是哪裡了，那個位置在郊外區，也就是琥珀住家附近。

「你……」

「起點座標是第七星區這個位置。」打斷了黑棱想詢問的話，琥珀帶出了第七星區的地圖，「這是你們一開始進入的地方嗎？」起點看起來似乎是在第七星區所屬的環繞小島上。

看了眼地圖，黑棱搖頭，「不是，我和兔子是在一座市鎮找到的，當時飛行器是在他們的地底據點。」

因爲已經和當時進入第六星區的狀況不同，黑棱乾脆把話說開了。

反正就算不說開……這小子搞不好也已經知道了，用入侵的方式。

「現在你們知道第七星區和強盜團勾結程度之深，有好幾個市鎮都和強盜團結盟，有的甚至提供區域讓他們作爲據點，交換強盜團不騷擾一般百姓的條件，我和兔子也一直在剿滅這些據點，而曼賽羅恩則是在清除有利益勾結的聯盟軍。當時會發現飛行器，是因爲該處城鎮的商人出入怪異，且和我們追蹤的強盜團部隊有聯繫，北海入侵了他們的系統，發現進貨中含有大量不該有的材料，計算了下可能是要製作某種武器，所以我們才想辦法潛入那個地方，沒想到他們製作的竟然是飛行器。」

那時候因爲來不及發布消息通知其他人，黑梭和大白兔認爲必須馬上破壞這東西，不管這架飛行器是否已經製作成功，只要飛行器出現在七大星區，一定會立即引發恐慌，更別說是出自強盜的飛行器。

幾乎也在同時，強盜團發現他們，然後開動了飛行器，才有了之後的事情。

端詳著座標圖，琥珀看著上面設定的時間，以及這架飛行器從起點之後去過的各個標示點，「所以你們是在這裡發現的吧。」他指向了第二個位置。

「沒錯。」黑梭點點頭。

確認了自己猜測的事，琥珀看著青年，「我想，你們恐怕都被耍了。」

黑梭愣了一下。

「根據這份座標，飛行器移動到你們發現的位置，是在你們到達的十二個小時之前……也就是說，強盜團一開始就要讓你們發現飛行器了。」恐怕，那支強盜隊伍唯一犯下的錯誤就是砸了飛行器。

飛行器因爲某些因素原本就要到第六星區，強盜們有某種目的要展示這套機組，還有對於他家……

「帶走了兔俠，然後在你們離開時，立刻策動殲滅兔俠，北海聯繫不上你們，所以聯盟軍和強盜團多的是時間做定位埋伏和清除。」

噬他們不是回來得太快，是因爲這些準備早在他們起程時就做好了，包括回航的各種方式，他們在第六區的行動也全都是有目的性的，或許是轉開星區的注意力，或許是更多他還沒想到的事情。

那個飛行器只是一個開端，一個餌食。

然後，他們咬下去。

□

街道上十分寂靜。

雖然大部分居民都已經撤離了，不過街燈還是照常點亮著，一點光在黑夜中晃動著，讓仍留著的人們不至於什麼都沒有。

青鳥踏在民居的屋頂上悠閒地走著，雖然夜晚對他來講很不方便，不過因爲有街燈，所以還不至於無法行動。

甩著手上的洋傘，他邊走邊想著好像也沒他想的那麼嚴重，走了幾條街還沒看到什麼強盜小偷之類的，大概是因爲巡軍也加強巡防吧，所以還是有一定的嚇阻效果。

才在想眞不愧是聯盟軍時，青鳥就瞥到暗處出現宵小了。

那是兩、三個看起來應該是低階的能力者，正在角落打劫一個中年人。

雖然不知道洋傘的震盪對人類有沒有效，總之青鳥也開發洋傘的另外一個用途——用有點重量的傘往那些傢伙的腦袋重重一敲，把他們敲昏在地，就把事情給擺平了。

近看才發現這個大叔有點年紀了，頭髮有些白，不過看起來還算滿強壯的，估計是因爲那幾個宵小裡有什麼能力者吧。

「大叔，出門在外要小心一點，等等轉角過去有聯盟軍，請他們保護你回去吧。」

幫穿著風衣的中年人撿起了背袋，青鳥遞還給對方。

大叔瞇起眼睛看他半晌，然後有點驚訝地瞪大眼睛：「妳是……」

喔喔！認出他是正義的一方了嗎！

青鳥跟著眨巴著眼睛，等待著對方的驚呼，好滿足一下自己的虛榮心。

「妳是那個有點不檢點的新處刑者！」

「……」

「一個女孩子家，穿短裙站在高處成何體統，就算裙子裡有褲子，在大眾之下完全不遮掩地大露裙底，實在是有失風範。」大叔開始憤慨地數落：「既然長得這麼乖巧，也有心要幫百姓做事，那就要好好的注意禮儀才行，那種舉動不是淑女應該有的。」

「等等，大叔，我不是淑女啊！」應該說他連女的都不是！青鳥實在是很血淚，不知道第幾次怨恨起自己那天人生一步走錯，落得現在要用這種面貌的悲慘地步，「我、我我我我……我就是、就是行動方便就好！何必拘泥那種世人的形式！」

「即使是處刑者，也是可以有著淑女的教養，坐下。」直接把個子小很多的青鳥按在旁邊的圍籬坐好，大叔眼神一厲，整個氣勢非凡地瞪過去，「膝蓋併攏！不要張開腳，又不是男孩子，坐沒有坐相，這種細節就是要從平常開始做起，即使要當處刑者，

也要很優雅才行！」

優雅個鬼！

我地就是男孩子！

我完全不想優雅啊啊啊！

「叫妳坐好！還扭來扭去！」

都不知道自己幹嘛眞的半夜要聽一個大叔的話端坐在莫名其妙的地方，青鳥含著眼淚併好腳，猛然驚覺這個大叔實在有點像他們學校的老師，難怪他會這麼本能地聽話。

「我之前看過妳的錄像，不只坐相，妳連走路的樣子都亂七八糟的。身爲一個優雅的淑女應該要好好地練習走路，不管是快跑或是跳躍，妳的動作一點都不像女孩子該有的樣子！眞是太糟糕了！既然要穿這麼好的衣服，行爲舉止就應該要和服裝有所搭配，兔俠組織難道連儀態都不懂嗎！還有異變島上的動作，妳的舞技呢！長這麼大了學校應該也教過吧！」

「對了，淑女也不行在大眾下發出那種狂傲的笑，妳……」

頭昏眼花地聽著對方的清算聲，青鳥一整個暈，突然很後悔剛剛跳下來救大叔。

這人到底是怎麼回事啊！

「來，這裡有標準儀態訓練課程，妳回去好好重新學習，下次出來不要再這麼亂七八糟了。」莫名其妙的大叔抓起青鳥的手，然後強迫他下載了一堆資料，「兔俠組織眞該請一個老師，糟透了、眞是糟透了，基本的淑女樣子都沒有。」

下載結束之後，青鳥馬上跳起來，「那、那就先這樣，既然大叔沒事精神又好，剩下的我就回去慢慢研究，咱們下次……不，咱們再也不見。」

「給我站住！」抓住青鳥的領子，大叔再度把人壓回座位上，「一個合格的淑女，應該要學會合適的問候句，離……」

「誰在那邊！」

打斷二度說教的是第三人的聲音。

跟著看過去，青鳥突然想流眼淚了，雖然他這輩子無時無刻都想摸聯盟軍的肌肉和親兩口，但是沒有一次有這麼強烈、想撲上去的感覺。

幾個巡軍走過來，看見了地上被打昏的宵小。

兩秒後青鳥瞬間想起他還是瑞比特的打扮，整個人馬上跳起來。

「您沒事眞是太好了！」

似乎無視於他，巡軍突然整個站正，朝大叔行了標準軍禮，「尤森指揮官，下次請別單獨在街道上遊蕩。」

青鳥張大嘴巴，看著大叔。

「沒事，兔俠組織的人幫了一把。」稍微整理了服裝，尤森抓住正要逃逸的青鳥，「這叫作瑞比特的小女孩跟我女兒年紀差不多大啊，但是教養不好，眞想讓她和蓓莉一起好好學習，蓓莉可是位小淑女。」

你女兒才不是淑女！

你女兒還會翻裙子抄刀砍人啊！她根本比我這個男的還不淑女！

而且我跟小強盜的年齡才沒有差不多啊啊！

「指、指揮官，那是通緝犯……」巡軍露出一種很微妙的表情。

「就是個小女孩，今天晚上沒什麼通緝犯，你們先把地上那幾個帶回去吧，這邊我處理就可以了。」

「是！」

看著巡軍眞的把宵小拖走了，青鳥立時爆了一身冷汗。

街道再度恢復寧靜。

然後，尤森放開手。

「坐下！我們繼續！」

□

琥珀聽見窗外傳來聲響是在快天亮的時候。

等到黑梭離房後，他取出儀器，做更深入的探測，他的私人主機放在第六星區的房間下，是最頂級的超級系統。這次放在行李中帶來的是分離出來的隨身副主機，打開了外面那層連結和保護用的介面板後，裡面的主機核心本體大約是半個手掌大小的超薄卡片，雖然運行上沒有房裡的那個強悍，但是對付一般組織或軍方已經綽綽有餘了。

之前要救兔俠時，副主機要同步陌生的軍方連線得花上些時間，如果是房裡的主機，應該可以縮減一半的時間來達到他家學長妄想的事情吧。

不知不覺花了很多時間後，就聽見了有人回來的聲音。

將主機儀器塞回箱子裡，琥珀一回頭就看見他家學長幾乎是摔進來的，整個人從窗外砰地一聲跌到窗內，就這樣倒在地板上不動了。

「被攻擊了嗎？怎麼沒有通知我！」看青鳥的樣子好像有點慘，琥珀連忙把人扶到床上。

「……我腳好像抽筋了，嗚嗚嗚……」整個人癱在床上，青鳥都不知道自己怎麼回來的，旁邊的琥珀一幫他脫下鞋子，某種好像被針戳到的痛立刻傳來，「好痛好痛——」

愣了下，琥珀放輕動作，小心翼翼地將厚底鞋和長襪拿下來，接著翻出了藥膏幫他家學長推按著腿部，「究竟發生什麼事了？」

「我遇到尤森指揮官……」覺得兩條腿都一抽一抽的……不、不只腿，根本是從腳底板一路痛到屁股還有腰，整條脊椎骨都在痛，肩膀也好痛，脖子也很痛，青鳥咬著棉被，眼淚都快滴下來了。

「你被尤森指揮官攻擊了？」瞇起眼睛，琥珀沒預料到竟然會正面撞上指揮官，但是一個晚上也沒聽到求援，不曉得究竟發生什麼事，「爲什麼不馬上和我聯繫？」

「他搶走我的儀器……」吸了吸鼻水，青鳥委屈地說，「不過最後有還回來。」

「尤森指揮官到底做了什麼事？」竟然會把他學長整成這樣，琥珀思考著該怎麼回敬聯盟軍這筆帳。

「……他逼我頂洋傘整整走了三個小時的路，而且還要挺胸夾緊屁股走！」用力搥了下枕頭，一想起整夜的惡夢，青鳥就覺得那個指揮官眞的是惡魔，他根本比莉絲還要邪惡，鬼！整個就是鬼！連走路步伐多大都要規定！「還一直要我站起坐下站起坐下！洋傘掉了還要重走！」

猛地停下動作，琥珀整個人愣住。

「當女生好可怕……當女生眞的好可怕……這不是人可以做的，到底是誰要求女生要當淑女的，淑女不是人可以當的啊啊啊——」而且那個尤森指揮官根本意猶未盡，還說如果不是時間太短，連舞技都要訓練，好不容易逃回來的青鳥眼淚鼻涕一起流，「爲什麼當淑女要夾屁股走路啊！爲什麼坐下來還要夾腳！鬼才要夾腳！鬼才要夾屁股！地獄啊……根本是地獄啊……那些淑女個鬼到底都是誰開發來虐待女孩子的啊……」

「你和尤森指揮官整晚都在練習儀態？」握了握拳頭，琥珀咬著牙，冷冷地問。

「對啊！你都不知道尤森指揮官有多恐怖！走錯還要一直重走啊啊啊啊——」

「你乾脆直接就這樣下地獄吧。」把趴在床上的白痴踹下去，琥珀完全無視慘號聲。剛剛同情對方眞的是自己的錯，根本不值得同情……眞想再過去補兩腳！

直接撞在地上的青鳥差點沒整個痛暈過去，等到他邊哀邊爬起來時，琥珀已經不見了，不過他聽見了浴室傳來水聲，還有淡淡的藥草香氣。

過了一會兒，琥珀從浴室走出來，「先去泡熱水吧，藥物會幫你舒緩一些，泡完睡一覺，明天就好了。」

看對方心情不算好，青鳥連忙縮著身體爬進浴室。

實在是很想抓住那顆殘腦往牆上撞兩下，琥珀冷眼看著他家學長爬進浴缸才把門關上。

如果這樣泡到睡著淹死也就是他的命了。

邊狠毒地這樣想著，琥珀邊拿起青鳥脫下的隨身儀器，清查後果然發現儀器裡被尤森灌了些有的沒的東西，包括聯盟軍慣用的探查病毒；幸好他之前就已經先做好預防，外來的資料下載後會全都暫存到儀器的第二空間裡鎖起，等待認證後才會解除封閉。

將儀器連到主機，的程式很快就把整個儀器重置和清洗了。分離出要留下的部分，琥珀將那些轉移到自己的主機裡，接著把重新灌好的乾淨儀器扔到青鳥的床鋪上。

從尤森的檔案軌跡回追，琥珀很快就連結上對方的儀器。

顯然對方也正等著他。

指揮官的儀器是開通的，甚至連防禦都沒有，完全就是大大方方地等著他登進去。

「應該稱呼兔俠或是瑞比特？」成熟男性的聲音在影像固定之後傳來。

一如往常用瑞比特的模擬影像取代，琥珀抱著膝蓋，蜷起身體靠在床邊，「就看聯盟軍給我們的定位如何。」

「那就瑞比特吧，雖然不像個淑女的名字。」

「尤森指揮官爲什麼要放我們一馬？」從他學長說的話聽起來，今天晚上這個人大可以直接抓他，但是並沒有，琥珀確信對方是故意的。

笑了幾聲，尤森說道：「當目標一致時，雖然立場不同，但我們不見得是敵人，處刑者也好，聯盟軍也好，只要是針對『惡』掃蕩，就某方面而言，大家差不多都是同伴。而且我的方針是，比起抓住表象，抓住背後的『頭腦』比較重要。」

「原來如此，您是不在意台上演員那種人。」

「沒錯。」

那麼……

琥珀瞇起眼睛，「這樣啊……我想，今晚您也只是打個招呼。」

「順便看看新的處刑者能耐如何，我們在第七星區的友方太少了，如果能和瑞比特建立起合作關係，倒也不是壞事，說不定幾位日後也會對加入聯盟軍產生興趣，當然是指重整之後的聯盟軍。」稍微坐正了身體，尤森輕輕地敲著桌面，「如何，爲了百姓而出力，這不就是處刑者最想做的事情嗎？你們可以正名，你們也可以擁有更多部隊，然

後讓第七星區更好。」

「如果是招募的話，那麼請恕我拒絕，對於踏上舞台跳那種可笑的舞蹈，我並沒有任何興趣。」

「你們還有時間考慮，不用現在給我答覆。」

「即使是未來，也不可能。」雖然對方看不見他這邊，不過琥珀還是勾起淡淡的笑，「時間不多了……不過如果你眞心想清除第七星區的髒污，那麼就別再當指揮官了，等到安卡家族重振的那一天，你留下的那幾個屬於處刑者的位置，自然會有人塡補。」

「你認爲安卡家族會拿回領導權嗎？」

「埃卡家之所以會到第七星區，就是因爲當時殖民到第七星區的人們缺乏軍隊保護，廣大的島嶼以及過少的人，從以前開始就是各種事物攻擊的目標，所以埃卡家的人才會帶著自願者來到這裡，成立正式的第七星區。埃卡家的後代、也就是安卡家，雖然因爲各種鬥爭已經不再掌權，但是輔佐歷代總長以農業方式打造第七星區……這樣的安卡家，是不是也到了應該取回領導權的時候，應該由你們判斷。」頓了頓，琥珀深深看著影像中那個人，「埃卡家對『神』所許下的誓言，是否還記得？」

尤森沉默了許久。

然後，他輕輕開口：「瑞比特究竟是什麼來歷？」

「就只是，處刑者而已。」

第五話▼▼▼線索

翌日青鳥起床時，旁邊的琥珀還在睡。

小心翼翼下了床，跳了兩跳，眞的沒有抽筋痠痛了，他就神清氣爽地溜出房間，一路跑下到餐廳裡。

「早。」

頂著很多的盤子，大白兔打了招呼，然後跳上吧台後的櫃子，一一將乾淨的盤子放回裡面。

看著大白兔臉上那條不規則大紅縫線，青鳥咳了聲，連忙也回了招呼。

「昨天晚上商店區那邊出現不少小偷，聯盟軍發公告要留在港區的人特別小心安全了。」端著茶水從後頭走出，黑梭看著自己的同伴，「兔子昨天也抓到幾個，青鳥小弟你那邊有什麼狀況嗎？」

「呃……有抓到一、兩個……」沒種說自己昨晚後半段時間都被尤森抓著走路，青鳥尷尬地抓抓頭。

「幸好不算太多，在下應付的大半也都是低階能力者，不過還是不能掉以輕心，總覺得有什麼事情還未發生。」回到地面，大白兔一邊脫掉身上的小圍裙，一邊走了過來，「青鳥和琥珀應該開始準備要搭乘芙西了吧。」

「這個……」開船的時間已經逼近眼前，青鳥實在還是有點不太想就這樣回去。

「在下請一九去幫你們買一些物品，有些第七星區特有的產品，兩位應該會喜歡。」大白兔從一旁的架子上拿下了小罐子，稍微搖了搖，遞給青鳥，「像是這樣子的果乾，黑梭以前也很常吃。」

打開了罐子，青鳥聞到一股淡淡的香甜味，還有一點酸味，裡面是一條條米黃色略帶透明的水果條，「第六星區好像沒看過這個。」

「都說是特產了，聽說在其他星區賣得很貴，數量也不多，這要用到大量人工純手工製，也要會看氣候和食材配置。」黑梭直接抽了一根咬起來，「科技和機械再怎樣做都做不出這種味道，第七星區有很多小村莊專門在製作這些天然物品。」

「但是因為轉賣到其他星區的過程中獲利可觀，有些小村會被強盜團控制，就算賣得好也改善不了生活。」

黑梭一抬頭，果然看見琥珀從樓梯上走下來。

「是啊……雖然第七星區農業發展得很好，但是在聯盟軍與強盜團的勾結控制下，即使努力製作這些物品，仍然改善不了生活。」偏著頭，黑梭笑了下，「我們之前解放的村莊就是專門在製作這類產品的，當時有支小強盜團控制了村莊，強迫他們交出九成

產量，後來我們循線剿滅了強盜團和與對方勾結的村莊領導者，現任的領導者和當地聯盟軍合作半武裝化，所以暫時不受到強盜團騷擾。」

「不過這眞的好好吃。」獻寶地把罐子遞給琥珀，青鳥咬著酸甜又香濃的水果條，「七大星區不要那麼致力於推動科技和發展，有樹和做好吃的東西不是也很好嗎？」

「如果人類這麼單純的話，就不會發生戰爭了。」慢慢吃著手上的食物，琥珀走進吧台爲大家沖一壺茶，「就算換了一個星球，從母星帶過來的惡習還是不會改變。」

「因爲是人類啊。」黑梭抽了第二根水果乾。

聽著他們的話，雖然不是很明白幹嘛要這麼複雜，不過青鳥還是覺得這樣可以好好地吃著東西聊著天，已經很滿足了。

「好吃嗎？」端坐在一邊椅子上的大白兔歪著胖胖的腦袋，問著。

「很好吃，如果大俠也可以吃東西就好了。」看著不用進食的大白兔，青鳥打從心底覺得很可惜。

「的確是。」

看著一旁的兔子，黑梭沉默了下來。

□第六星區

他感到一片黑暗。

黑暗中，聽見了女孩的哭泣聲。

誤入不明區域的研究團隊四散分開，就連護衛團也被分開了，這個地方實在比他們想像的還要大，連探測儀器也無法使用，似乎有什麼影響著儀器的運行，連聯繫都無法做到。

在那時候，他聽見了哭泣的聲音。

斷斷續續地，替他指出了唯一的道路。

「阿德，你還好嗎？」

稍微清醒時，阿德薩發現露娜和小茆一左一右地守在他旁邊，兩張相似的臉都充滿了擔憂。

「……我怎麼了？」按著有點暈眩的頭部，阿德薩坐起身，他記得昨天晚上查到一些事情，透過蕾娜通知在外面執行任務的小茆後……就不記得了。

「好像發病了，我一轉身就看到你倒了，嚇死我。」露娜揉揉眼睛。

「病情好像越來越嚴重了，亞爾傑那個沒用的傢伙現在還分析不出來污染源，當初拍胸脯保證一定可以馬上找到根治的辦法。」端來了水和口服藥劑，小茆收拾著地上散亂的針劑，昨晚她一回來就看見露娜慌張得把藥劑都翻亂了，她們倆一晚沒睡，直到現在才放心下來。

「……污染不是那麼簡單就可以治好的。」

他的病狀在幾年前開始顯現出來。

這是在異變島曝曬下所造成的影響，一開始並沒有任何問題，他們也以爲僥倖地逃過一劫，但是離島約兩年後，與阿德薩當年同在島上的另一名研究團隊隊友突然爆發病狀，最後很淒慘地死去，因爲怕污染外流，軍方立刻封閉了屍體和住家，將整處完整地消滅到連一點灰都沒有剩下。

也幾乎在同時，阿德薩發現自己的身體開始異變，取得樣本的亞爾傑透過自己的管道，從軍方帶出了抑制藥和介紹了退役醫生讓他暫時得以存活，但是無法完全根治，就連森林之王的藥物也無法淨除污染。

本身是工程師的阿德薩自然曾遇過來自軍方的招募，得知他遭污染後，軍方再次開出條件要他加入，表示會提供完善的醫療保證讓他延長性命，但是接受賜予，他就得將自己完全奉獻給聯盟軍。

阿德薩拒絕這項提議。

「我不會讓你走得那麼輕鬆。」用力抱住阿德薩，露娜死死地不放手。

「時候還沒到，不用擔心。」拍拍露娜的手，阿德薩有點抱歉地朝著小茆微笑了下，「好了，先回到正事上吧。」

確認對方眞的穩定下來後，小茆才鬆了口氣。

再度安慰了兩人，阿德薩取過儀器，打開昨晚中斷的程式畫面。

淡藍色的顯像出現了幾個重組結果。

「上次兔俠帶來的珠子，昨晚終於重新修復好一小部分，雖然只有片段，但是已經可以擷取到部分訊息了。」排除了還未修復的雜訊部分，阿德薩將可用資訊拉大，「這是一份指令，似乎是強盜團最高層直接派發的祕密指令，他們將飛行器設定前往第六星區，其中一個任務似乎就是要帶走沙里恩一家。」

「啊啊，難怪了……是因爲走商的關係嗎？」看過沙里恩家的倉庫規模，小茆覺得很有可能，畢竟那種層級的商人所掌握的管道不是一般商人可以比擬的，強盜團如果想要他們手上的什麼，那就說得通爲什麼會侵入沙里恩家了。

「似乎不是，指令當中沒有講述原因，也有可能是還沒修復到，但是能確定的是他們一開始就打算到第六星區，這也證實了我們之前的想法，而沙里恩家則是目標之一；這裡面同時還有幾個不同指令，我會盡快修好其他部分。」將資訊複製了一份寄發給琥珀，阿德薩思考了下，「小茆昨晚的確見到了那個應該死了卻沒死的強盜團，他大概是故意留下在第六星區的，我想有很大的機率能從這裡面找到他的任務目標。」

「你要休息好才可以工作。」露娜看他竟然還要繼續使用儀器，一把就將人扛了起來，「蕾娜也可以幫忙修復，你現在快點給我上床！今天禁止你繼續碰這些東西！」

「現在是關鍵啊……」阿德薩掙扎了一下，完全敵不過蠻力。

「那和我無關，不休息的話，我就打爛你的主機。」一手扣住人，露娜直接往旁邊的牆壁揍了一拳，先前經歷過種種磨難還存活的牆壁瞬間發出巨響，穿了個大洞。

「……小茆，不要讓露娜碰我的儀器。」

阿德薩最後被拖進房前只來得及交代這句話，接著小茆就聽到某種重物被拋上床的聲音。

聳聳肩，小茆只好先關上主機。

就在要去做自己的事情時，她突然敏銳地瞥到有黑影在窗外一閃而逝。

幾乎同時追了出去，小茆看見一個穿著黑衣的陌生人翻上隔壁住家的屋頂，那張臉相當猙獰，有許多硬皮組織，一隻眼睛已經被那種扭曲的皮膚覆蓋了，另外一隻褐色的眼睛惡狠狠地瞪著她。

「站住！」

喝了聲，那隻東西瞬間消失了。

小茆瞇起眼，瞪著殘存的空氣，無法追蹤那個人的行蹤。

「污染者。」

冷淡的聲音從上方傳來。

「看得出來，但是是哪邊派來的？」小茆不知道他們是什麼時候被盯上的，但是既然有人盯上他們，那就表示危險了。

「等他跑到源頭，就知道了。」

銀色的物品從上方飛下來，小茆伸出手，準確無誤地接住那管細長物體。

「新的污染抑制藥，我從聯盟軍拿了分析數據，這是荒地送回的調藥，自己複製去。」

看著管子中緩緩流動的銀色液體，小茆露出感激的神色，「伊卡提安……」

「不是解藥，不用謝。」

「即使如此，還是謝謝你。」看著上方，雖然見不到對方，但是小茆還是誠心地感謝著。

「……」

「必須盡快找到黑島……」不然，時間就快不夠了。

「即使那上面有解藥，妳敢重新踏回嗎？」停頓了下，冰冷的聲音浮現了細微的溫度，「以自己交換人類的性命？」

勾起了淡淡的笑容，小茆沒有絲毫猶豫，「我是露娜，所以，爲了他們，我什麼事情都做得出來，包括重新回去。」

「眞傻。」

屋頂上傳來細微的聲響，接著再也沒有動靜。

與她們併名的處刑者已經離開。

傻嗎？

小茹將藥按在胸口上，感受著冰冷的溫度。

「這是我欠她的……」

□

第七星區

「琥珀，你現在有空嗎？」

從阿德薩發來的訊息中抬起頭，琥珀看見了不知何時回來的北海站在門邊。

「我破解了那些追蹤儀器。」抬抬下巴，北海示意對方跟著下去地下室一趟。

上午過後，青鳥和大白兔說不知道想過什麼招，一人一兔子就溜得不見蹤影。昨天經過聯盟軍查店後，加上附近的鄰居也逃得差不多了，黑梭乾脆就把店門給關了，直接休息大吉，而香朵正在店內做一般的清潔事務。

關掉手上的儀器，琥珀站起身，跟著一路到最下面的兔俠操控室。

和北海一起重整過這裡的備用主機後，兔俠自己的資料庫運行上也變得順暢許多，也不斷地踢出入侵程式，逐漸淨空了外來者。

打開畫面，北海將重組的訊息放給對方看，「果然是軍方放出來的，沒想到竟然懷疑到這邊了。」

環著手，琥珀看著上面的各種排列，「有點奇怪，軍方的話應該有專用的間諜儀器，不至於會使用這種檯面下流通的物品。」

「應該是和強盜團聯合的人放出來的，你不是也說了嗎，他們丟飛行器的其中一個目標就是殲滅我們，所以用這種東西繼續做後續追查也是正常的。」

雖然似乎也有道理，但是琥珀總覺得哪邊不太對勁。

「果然還是得移點了，把東西準備妥當之後，找個機會轉移吧。」按著傷口，黑梭端著茶水晃了過去，「兩個小的上船之後，我們也差不多要移往下一個地方。」

「我幫你們設定程式轉移，離開之後這裡所有儀器和殘存情報會自動銷毀，不用擔心會被奪取。」連接上儀器，琥珀走到旁邊，看著兔俠的主機，「……你從我家不是也帶走了幾組微型主機嗎？順便換過來吧，你們的機型太舊了，這都多久以前的東西。」

「說起來，的確是想著要升級一下我們的裝備啊。」不過一回來就發生這種混亂的狀況，黑梭倒是還來不及啟用從沙里恩家帶回的貨物。

「等等拿過來我順便幫你們建立基本系統吧，照你們的狀況來看，不如重組成攜帶主機，移動上比較迅速，遷移基地時可以縮短很多時間。」思考著黑梭帶來的那些物品，琥珀打算讓他們再去弄點東西，乾脆替他們也組裝一個和自己行李箱裡一樣的，省得被追殺時跑不掉，「移動系統的使用方式我會複製一份給北海，多摸幾次就懂了。」

「呃，好的。」

開出清單後，琥珀就把黑梭趕上去整理貨品了。

心情有點複雜地看著旁邊正在拆他們主機檢視的少年，北海微微呼了口氣，「你真的只有十六歲嗎……？」

「你眞的是『頭腦』嗎？」冷冷地回敬了對方這句，琥珀完全無視青年遽變的臉色，「幸好你們在第七星區。」如果是在別的星區……不，就算是第六星區，應該早就死光了，看來大白兔和黑梭活到現在應該拜他們兩個不死之身和某方面的強運所賜。

張了張嘴，北海看著男孩，有點不甘心地握緊拳頭，然後緩緩地鬆開。

「如果我不是『頭腦』，我就什麼也不是了。」

轉過頭，琥珀皺起眉，「什麼？」

「兔俠組織，一開始就只有兔俠和黑梭與幾個同身分的中高階能力者，根本沒有其他人。」頓了頓，北海低沉了聲音：「他們原本就和曼賽羅恩一樣，是單打獨鬥的處刑者，與其說是組織不如說是聯盟，平常也都散居在各地。會組成現在的規模是因爲我們需要和他們在一起……你也知道近年第七星區致力於消滅處刑者吧，所以能力較高的處刑者大多已經隱蔽起來，能力低的處刑者也差不多都不存在了，所以我們才依附他們，擴大成爲組織。」

「……果然如此。」他就覺得後備的人實在是不像樣，加上之前聽到的部分，琥珀大致上知道狀況了。

「我並不是眞正可以成爲『頭腦』的人，比起其他人，我僅僅只是比他們還要了解怎樣處理這些東西，接著和其他志願者一起聯手分析、收集各種情報，勉勉強強可以抵禦聯盟軍和強盜。在能力上，我也只是低階能力者，完全跟不上兔子和黑梭，更別說幫他們分攤任務。」

停下手上的工作，琥珀偏過頭，想了想，然後開口：「所以，你才怕他們不需要你們嗎？弱者需要強力的劍，才能代替自己揮向敵人的心臟，但如果劍本身不需要無法握起他的人，那麼這齣戲就算有配角，也演不下去。」

北海瞇起眼睛，「你偷聽我們談話？」

「如果不想被別人知道，就不要在儀器前談話。」用袖子輕輕擦去老舊主機上的灰塵，琥珀看著方塊上流動的光芒，「黑梭和兔子之前曾說過幾次的同伴，沒想到是這樣子拼拼湊湊來的，還希望依靠別人成爲自己心目中的處刑者，眞是讓人不得不失望。」被他家學長的英雄片洗腦洗過頭，他還眞以爲正義的英雄背後都有堅強的後備同伴，原來也是有人多取勝的雜牌軍。

這樣看來，同樣是尋求泰坦作爲庇護的森林之王還好多了，起碼蕾娜將內部管理得非常好，不管是不是能力者，每個人都有自己發揮的空間，共同守護著他們的組織。

「你懂什麼——」

「你以爲是我自己想要這種『頭腦』嗎？」

原本正打算發怒的北海在接觸到冰冷異常的湖綠色眼眸之後，不禁愣住了。

「去和森林之王聊聊吧。」拆下主機，琥珀看了青年一眼，「受不了你們這種人……」

看著男孩拿著主機核心，晃出了控制室，北海在那一秒才回過神來。

某種憎恨的感覺在心中蔓延。

「你們這些原本就在頂端的人，什麼都不懂。」

□

他在黑暗的樓梯中停下腳步。

主機的光映亮了些許空間，在黑暗中顯得特別耀眼。

「你聽多久了？」微微抬頭，琥珀問道。

「……我感覺到氣味有微妙的情緒變化，馬上就折返了。」搔搔臉，其實把剛才對話都聽進去的黑梭靠在牆壁邊，「他們很努力，在早期的幾位合作處刑者失利後，我和兔子幾乎完全依靠他們的支援，的確在自願者到來之後，我們也提升很多效率和避免掉不少傷害，所以琥珀你也就別太嚴苛了。」

「那是你們的事情，我只是意外你們雙方的理想差異是這種程度。」擦過對方的身體繼續往上走，琥珀果然聽見了後面尾隨上來的聲音。

「每個人都有自己的想法啊……所以我本來很希望你和青鳥加入的啊，不管是對兔子或對北海他們這些志願者都好，『頭腦』太難找了，但是一名好的『頭腦』絕對可以改變組織。」

「自己不改變的話，不要奢望用別人來幫忙。」轉過身，琥珀看著在低處的傢伙，「夥伴何必那麼小心翼翼。」

「……也是啦。」看著會把所謂人氣新人瑞比特往牆上撞的男孩，黑梭笑了下，「北海也經過很多事啊，他總是會知道的。」

「怎樣的事？」

沒想到琥珀居然會主動詢問，黑梭也不知道爲什麼，不過還是開口：「他和我是同一個地方出來的，那是個被強盜團攻擊殲滅的小鎮……這件事我想你應該多少聽過，十七年前的重大事件。當時聯盟軍公告上雖然有很小一部分人得到救援……沒有對外公布的則是一些人被不知名的組織帶走，被抓走的人裡面有很多都是沒有正式申報的能力者小孩，不過大多都是低階，北海也是。

大約在那件事的兩年後，兔子應邀參與了某件事情，救出了一些人，裡面也有北海，後來我們才知道他在那個組織裡成爲奴隸，但是再去也已經找不到其他人了。」

「座標呢？」

「當時座標有記錄下來，但是區域已經位移，那是移動島嶼，沒人找得到，當年兔子也是接獲可靠的消息才前往幫助。」看著少年拿著的主機，黑梭點了下頭，「兔俠的資料庫裡也有，檔案NL3481就是了。」

「喔。」打算晚一點再檢查那些資訊，琥珀表示了解。「你要順便看怎麼裝嗎？」他現在的主要工作是先把移動主機給裝置好，剛剛看了下有些輔助配件還是可以拆地下室的來用，應該會比想像中順利。

「你要我的腦袋變成兩個大嗎……」黑梭對這種東西最棘手了。

「你再騙人啊，你明明就會，就跟你在我家假裝一臉不會煮飯不會做家事一樣。」結果竟然是餐廳老闆，還會找什麼食譜。

黑梭聳聳肩，「過去的事情就別計較了。」

「你在別人面前去裝你的無所謂，在我面前就給我老實地學，不要像我學長一樣要一直講，煩。」他都要花精神教他們這些傢伙，竟然還想裝死，琥珀眞想把主機往對方的大頭砸。

「呃，那就麻煩你了。」直接感受到對方散發出要攻擊的氣息，黑梭盯著有點被拿高的主機，連忙雙手合十虛心受教。

「那麼別浪費時間了。」

幸好今天沒有其他事情要做。

□

青鳥與大白兔是在晚間返回。

回來時，還帶了訪客一起過來。

「你們兩個在幹嘛啊？」看著房間裡一地的髒亂，青鳥一路跳過去，然後幫忙清理塊乾淨的地方。

「體驗人生可怕的經驗。」總算看到救兵出現，被修理一整天的黑梭一歪身，倒在地板上，也不管有沒有壓到東西，反正重要的都不在下面，「我覺得之前被追殺被砍都不可怕了……」

冷眼看著竟然敢說他可怕的傢伙，琥珀把整理好系統和各種程式的新主機往臨時組好的裝備箱一壓，用力地砸在黑梭的腦袋上。

錯愕地看著摀臉哀號的同伴，大白兔抬著原本要踏進去的一條短腳，也不知道該不該踩下去，就僵在原地不敢動彈。

「你們還真的是很熱鬧，昨天抓儀器，今天又在裝儀器。」跟著回來的波塞特提起地上的兔子，很爽快地一路走進去，正好坐在青鳥收乾淨的地方。

「你們怎麼會碰在一起？」按著被砸的位置，黑梭抱著主機起身。

「喔，我和大俠剛練習完，路上遇到波塞特，他說明天要出航了，過來看看我們有沒有問題。」蹦過去倒茶水給大家，青鳥好奇地看著黑梭手上的箱子，「這是啥？」

「兔俠組織的新系統，應該沒摔壞吧。」搶回裝備箱，琥珀仔細檢查，雖然他很有把握應該是撞不壞，但是也不能排除黑梭頭太硬可能會造成影響。

「重要的東西不要拿來殺人啊！」黑梭發出了不平的抗議。

「哼。」

「琥珀弟弟還真不是普通厲害，下次可以也幫我裝一個嗎？」靠過去看有趣的東西，波塞特興致勃勃地發問。

「不可以。」馬上斷然拒絕，琥珀無視隔壁仁兄，確定了主機沒有影響後，就開始著手準備轉移兔俠的資料庫。

「不過改成移動裝備的確方便很多。」雖然之前也想過要盡量簡化，不過黑梭還沒那種程度的本事，北海他們也一直都是使用固定式基地，雖然各處據點也都有備份資料庫可以隨時轉移位置，但是要處置廢棄配備也是種麻煩，現在這樣一整理就可以更靈活運用了。

「我幫你們改製了配備和程式，這兩個是雙體機，一離開配備後會啓動周邊毀滅，一分鐘內沒有放置回去，輔助的配備系統和各種連線會全數自行銷毀，只拿走其中一個也一樣會啓動，而且還會同時自毀主機雙體，一定要兩個在一起使用。不管再怎麼危急，只要帶走這兩個核心主機就行了。」重新打開了裝備箱，琥珀取出兩個半掌大的方塊形主機，「兔俠所有的資料庫和連接點都在這裡了，沒損傷下，重新放入周邊裝置就可以馬上再使用。在其他地方一離開同樣會銷毀配備系統和周圍所有應用連線；等等我會再加入甩尾程式，預設可以幫你們甩開追蹤，敵人會暫時無法追上這個主機。」

波塞特吹了記口哨。

「雖然不太了解，但是非常感謝您做的這一切。」對這些東西非常不懂的大白兔慎重地交握兔掌，朝琥珀誠心一揖。

「琥珀出品。」青鳥比出拇指，「品質保證。」不是他自誇，而且那兩個琥珀改造的東西說不定還有跳起來咬人的附加功能。

將主機放回裝備箱，琥珀連上自己的儀器開始追加，「對了，你們最好再去找頂級的箱子，這個是應急隨便買的，好一點的比較能夠保護機體。」像他的箱子就可以防範一定程度的攻擊，但是是訂製的，所以絕對不會分給別人用。

「我讓一九他們去找了，謝謝。」和兔子交換了一眼，黑梭是眞的非常感謝對方的幫助。

「弟弟眞的不能幫我做一個嗎？」對這種超級系統很垂涎的波塞特不要臉地去搭著琥珀的肩膀，「爲了答謝，我可以幫你做很多事情喔？」

琥珀直接抄起裝備箱往對方的臉上砸下去。

憐憫地看著一樣遭到砸臉的同伴，黑梭站起身，用力地伸伸筋骨，按著有點撕裂痛的傷口，「時間也不早了，我弄些東西，大家一起吃個晚飯吧。」

「我也幫忙。」的確感到肚子咕咕叫的青鳥跳起來，跟著要去打下手。

才一踏出房間，黑梭就看見香朵匆匆忙忙地從樓梯跑上來。

「那個聯盟軍又來了。」用一種很古怪的表情看著青鳥，香朵鼓起臉頰，「自稱你們學長的那個聯盟軍，我都說了今天沒有開店，但他還是和昨天一樣堅持要看到你們，好麻煩喔。」

「他有帶其他人嗎？」黑梭皺起眉，問道：「附近好像有其他人。」

「沒有，只有他自己來。」香朵搖搖頭，「可能是巡軍吧？」

「要幫忙打發他嗎？」波塞特探出頭，「那位先生很典型是個固執的人，不讓他達成目的，他不會罷休喔。」

「昨天說得還不夠清楚嗎。」琥珀瞇起眼睛。

「……我、我看我下去一趟好了，柏特學長也是關心我們嘛。」看他家學弟已經露出完全不遮掩的殺氣了，青鳥吞了吞口水，連忙說著。

「等等，我也跟你去。」決定要往對方臉上揮一拳徹底粉碎麻煩，琥珀將手上的程式先告一段落，把箱子關好後放到黑梭手上，「你們先忙吧。」

「那麼我先把東西拿給北海好了。」看來樓下的事情可能還得先花工夫解決，黑梭決定先把新的主機交給同伴，讓他習慣一下。

「那我就隨便逛逛。」打算蹭飯吃的波塞特決定在周圍蹓躂下。

「在下……在下打掃房間。」

看著一房間的狼藉，大白兔從身體裡抽出圍裙，準備上工。

□

溜著扶手下到一樓大廳後，青鳥果然看見了柏特就站在昨天的地方等著他們。

「請問還有什麼事嗎？」隨後下來的琥珀微微偏著頭，看著正裝打扮的聯盟軍。

「雖然覺得你們肯定會生氣，但是請馬上跟我來。」上前按著青鳥和琥珀，柏特神色有點嚴肅地開口：「不用收拾行李了，會有人來幫你們整理，車子都已經準備好，快點離開這邊。」

「發生什麼事了？」

見對方表情不對，青鳥連忙把琥珀護在身後，「怎麼了！」

「先不要問，馬上離開這裡就對了。」一把抓住青鳥，柏特頻頻看著街道，「沒時間了……」

「等等，你們有聽到什麼聲音嗎？」差點被拖到跌倒，青鳥站穩腳步後，突然聽見非常細微的聲響。

「什麼……？」後面的琥珀頓了下，真的聽到店外傳來一種嘎嘎嘎的奇怪聲響，剛剛他一心想找空隙往高大傢伙的臉上來一拳，反而沒注意到其他異狀，現在一靜下來，就發現手上的儀器也突然開始跳出怪異的光色，「街道上出現了不明物體。」

「咦？」

就在氣氛陷入詭異之際，青鳥突然瞥見窗外開始轉黑的街道出現了異樣的光芒，那種怪異的聲音轉大逼近。

還來不及搞清楚是怎麼回事，他就看見那個怪光倏然逼近，接著被旁邊的人用力一推，整個人摔開，下一秒某種東西強勢撞上店家的牆面，轟然一聲爆響，他們剛才站著的門邊牆壁竟然硬生生被撞破倒塌，揚起了大量粉塵。

被飛濺的小石頭打中好幾下，青鳥甩開身上的灰土。夜色降臨的街道上，出現在大洞之前的是一部巨大的殘骸機組，與之前在異變島上看見的有點像，但是體型又比他處理掉的更大了一圈，藍色的光顯示這部機組正在運作中。

幾乎是在同時，街道上再度傳來了聯盟軍的警報鳴笛。

從牆洞看出去，青鳥看見許多類似的機組不知道從哪裡冒出來，大量攀爬在附近民宅上，各處都傳來了破壞聲與留下居民驚恐的喊叫聲。

「什麼東……喂喂，琥珀你還好吧？」

「還好。」用力甩甩頭，那瞬間整個人被柏特護住的琥珀推開身上的人，按著被石頭砸傷的肩膀跟著爬起，看清楚了平空冒出來的東西，「舊世代機組，攻擊機型。」

「咦！島上沒看見這種型號啊！」擋在琥珀前，青鳥幫忙拉起柏特，「你還好吧？」

「沒事。」甩開了身上的石頭土塊，柏特輕輕掙開青鳥的手，「學弟還好吧？」

「……」琥珀冷冷看了對方一眼，放下手。

正想拉著他們快點離開這裡，青鳥看到那個大機器的藍光轉向他們，接著開始轉換成帶紅的紫色。

「趴下！」

青鳥感覺到一陣火熱掃過他的頭頂。

接著是某種怪異又刺鼻的難聞味道傳來。

「學長！不要動！」第一時間打開了隨身防具，琥珀拉著人縮到角落，熊熊的火焰在機組導出破壞性能源之後燃燒而起，接著是莉絲的煙霧立即蔓延開來。慶幸的是第七星區的濃度已經退回原本的稀少狀態，所以爆出的莉絲毒霧並沒有之前學校裡那麼多。

還來不及找到路線逃脫，港區小鎮再度起了騷動，到處都傳來了火光和炸裂聲，淡淡的煙霧也開始逐漸轉濃。

一陣風從旁邊颳來，瞬間將要再度導出光能的機組給撞出屋外，「你們快過來這邊！」站在原位的柏特張開手，轉開了強烈風壓重重下擊，將還試圖爬起的機械給搗得四分五裂，接著揮動了風將火焰給熄滅，然後把莉絲的霧氣團團包圍。

看了柏特一眼，琥珀搶上前去，在機組儀器動力消失前找到了主機板，幾下就將自己的儀器和機組的主機連結上，「學長，過來下載病毒。」

「咦？喔好！」青鳥跑過去，從琥珀那邊載入了病毒程式，完成之後他看著自己手腕上發光的儀器，「跟傘一樣的用法嗎？」

「對，但是比較麻煩，你得貼近距離接觸才能震盪。」與對方手上的儀器連線後，琥珀開始破解起手邊機組的程序碼，「我現在編寫可以針對這種機型做大範圍震盪的程式，需要一點時間，你盡量不要讓這些東西跑過來。」

「了解。」一轉過頭，青鳥就看到錯愕的柏特，「欸、呃，這邊就交給我們了，柏特你快點去幫忙控制莉絲爆炸和撲滅火勢！不然港區會被毀掉的！」雖然不知道這些奇怪的機組爲什麼又出現，但是這次數量多到可怕，首要任務一定是保護居民。

看了眼青鳥和琥珀，柏特的確也接收到聯盟軍傳來的絕對指令，「你們跟……」

「很顯然，我們並不需要你保護，快去！」頭也不回地快速解析著機組程式，琥珀打開了幾個視窗，說道：「待救援的人民才是聯盟軍的責任。」

「……你們兩個保護好自己，我一定會回來。」

第六話▼▼▼炎獄

目送柏特離開之後，看著四周房屋上攀爬的大型機組，青鳥拉拉手臂，「這樣大俠你也可以出場了。」

雪白的身影直接從上面落下，站在青鳥旁邊，「沒想到你的聽力如此好。」

「對啊對啊，不然跟琥珀怎麼作弊嘛。」咧了笑，接住琥珀拋來的儀器，青鳥遞給早就在上面等待的大白兔，「大俠應該沒問題吧。」

「是的，請不用顧慮在下。」將同樣下載了病毒碼的儀器裝置在手上，大白兔朝他點點頭，「一九和香朵、北海已經撤到地下室，會從祕密通道撤離；黑梭他們也都各自避開了攻擊，正在著手清理附近的機組，你們在完成解讀之後也快點離開避難，在下會盡快與你們會合。」

「大俠你也小心喔！」

雙眼發光地目送大白兔一路拆解機組瀟灑遠去，青鳥在完全看不到對方之後才收回視線。現在是晚上，他的狀況當然沒有白天的好，幸好在警報聲鳴起之後聯盟軍也把街道的光源全部打開，讓剩餘的居民可以順利逃出家園前往聯盟軍的庇護處；同時也讓他不至於完全無法發揮。

新一具機組從屋頂上跳下來，地面一陣震動，雖然形體很大、與異變島上看到的不同，但是這些機組也已經廢棄了相當時間，各種人造骨骼外露了不少，青鳥用極快的速度繞開對方的攻擊，晃了一圈溜竄進機械的兩手之間後抓住骨架，接著用力將手往機械胸口一插，微熱的溫度立刻從他手腕上導出，直接震盪了人工組織之後的主機，巨大的機組馬上停止動作，就這樣不動了。

「嗚啊，這個比較痛。」抽出手，青鳥用力地揮了揮有點麻痺的手掌。

「請再給我一點時間，已經快要做好了。」看著已經快失去動力的機骸，琥珀抽空往青鳥那邊看了眼，「學長，如果可以的話，你快點去把我們的行李拿出來，尤其是我的一定要拿到，我們不會再回這裡了。」

「咦？怎麼了嗎？」擺平了第二架跳下來的機組，青鳥順手拔出了主機板，將上面的儲存體給拿下來。

「這批東西可能是衝著兔子他們來的。」

「你說衝著大俠他們是什麼意思？」

處理掉幾部機械後，趁著來襲間隔的空檔，青鳥快速跑回房裡拖出了琥珀指定的行李箱和自己的一些重要物品，然後問道。

「這些東西的程式指令和那些追蹤的東西是同一人做的。」一開始就發現這件事的琥珀從行李中抽出另一個隨身儀器，「柏特破壞它後，它的程式已經啓動了自主毀滅運作，幸好攔截得夠快才能中止，但毀損部分呈現的編列方式與追蹤機具幾乎一樣，我等等會一口氣放出連線病毒把兔子他們店裡剩下的機組也破壞掉，然後我們就快點逃。」

「咦！這樣可以嗎？兔俠資料庫很重要吧！」竟然要把店下面的儀器都破壞？青鳥一秒搖頭反對，大白兔他們的基地已經被剷除了，要是連這邊都破壞，那會超嚴重的。

「放心，我已經備份了，而且今天也幫他們把資料庫轉移到新的上面去，舊的毀了完全沒問題。」他今天也不是吃飽撐著幫他們裝主機和建構系統這麼簡單而已。

「你已經備——」青鳥決定不要追問下去對自己的精神比較好。

他根本不知道他學弟是什麼時候又順手備份人家的資料庫啊啊啊啊！

就在青鳥有點驚恐會不會被黑梭他們掐死時，周圍又傳來幾聲巨響，讓他不得不先把這可怕的消息放到一旁，然後專心對付起似乎眞的越來越多的機組。

機組的數量非常多，已經震盪掉不少的青鳥一邊抹汗一邊看著四周，可見範圍的房舍上還爬有類似的機組正在破壞屋子，遠處仍不斷傳來聲響，街頭那端可以看見正在努力拆卸機組的聯盟軍，但是也被攔在那無法移動更遠了。

從黑暗中走出協助的能力者們努力壓制引起的火災與爆發的莉絲，爭取更多讓普通人逃離的時間。

雖然聯盟軍很討厭非法能力者，但是在這種時候他們卻合作無間。

青鳥翻上屋頂，看著廣大的港區城鎮，聯盟軍與被追捕的能力者正努力恢復這裡。有時候人與人的作法不盡相同、而成爲了敵對，但是撇除各自的立場與眞的壞人之後，那些想要保護居住地的想法卻是一樣的，所以在遇到重大災害時，聯盟軍隊伍選擇的大多是與出手協助的能力者們一起保護，而不是在當下追捕，通常解決災害之後，能力者會盡快逃離，聯盟軍也會睜隻眼閉隻眼，等到確定安全危機解除之後才又繼續像平常一樣追捕。

就是因爲如此，四年前第六星區的港區案件才會讓軍方不得不出動各種資源壓制下這種不能見光的醜聞，只要這件事一放上檯面，絕對會引起居民大量不滿。

「爲什麼不能和平相處呢，唉。」在一個機具又撲過來同時，青鳥翻轉身體，再度用病毒癱瘓了機械，接著甩手，一連串的能量和病毒導出讓他的手也有點燒傷了，隨身儀器本來就不是這種用途，會受點傷也是理所當然……果然還是傘比較好用。雖然完全不想穿洋裝，但是他還眞的懷念起那柄好用的洋傘。

正打算跳下去繼續封鎖其他機組時，青鳥發現邊上的機械突然又重新恢復了動力，接著再度點燃光芒，他想也不想就直接要再做一次震盪。

「學長，等等，那是我重新啓動的機組。」

「咦？」看了眼下方朝他招手的琥珀，青鳥跳下去，「可以遠端開機了？」

「嗯，我聯繫上他們的同步傳遞系統，試著重新開機，看來很順利。」站起身，琥珀抬頭看著上面轉爲綠色光芒的機組，「差不多都準備完畢了，再五秒、四、三……」

隨著琥珀倒數的聲音結束，青鳥看見上面的機械燈光突然轉爲橙色，接著是黑暗中所有的機械都跟著轉爲橙色，像是無數橙色眼睛在夜裡晃動著。下一秒，以他們爲中心點，一陣不明的波動突然散開來，像是潮水般直接發送四周各處，所有機械猛地無預警突然倒下去，如同積木般劈里啪啦散落一地。

接著，周圍所有路燈也同時閃爍了幾下，幾乎在機械倒下時也全數熄滅。

街道頓時陷入完全的黑暗之中。

「喔，完蛋。」青鳥整個呆掉。

很快地，他旁邊亮起了小小的微光，「好像不小心連周邊的機具都一起攻擊了……果然倉促情況不好拿捏留手程度，趁現在快點跑吧。」將準備好的燈光塞到青鳥手上，琥珀往旁邊看了看，馬上找到了一部私人動力車，將車開鎖發動後，確定沒有被剛剛的震盪影響他才稍微鬆了口氣。

啓動了車輛防具，他們兩個鑽進了前座，在黑暗中等了半晌後，才輸入路線圖讓車子緩緩移動，離開騷動的區域。

「接下來該去哪裡呢……」

□

「不知道其他人到哪裡去了呢。」

走在黑暗的街道上，波塞特有點困擾地看著似乎無盡的暗色空間。

本來想蹭頓飯的，結果飯沒吃到，反而遭到奇怪的機組大規模攻擊，他在被掃到之前先避開了，拆掉機組後碰到了一樣翻出來的黑棱。

聯手幹掉幾架後，他們才發現已經被沖出小店很遠了，隔了幾條街道救了一些還留在這邊的居民，就先保護著讓那些普通人撤往安全處。

之後就發生不明震盪了。

大黑狗……應該說大黑狼就跟在他旁邊，帶著劇烈攻防戰後的淡淡血腥味，「您就稍微委屈點跟著吧，我等等找個東西幫你包紮。現在滿街的聯盟軍很不安全，也不曉得剛剛那個震盪是怎麼回事，一瞬間機組和街燈都當機了，好像連隨身儀器也稍微受到影響，這是新的恐怖攻擊嗎……第七區還真的越來越有意思了。」

就在黑狼發出低吼的同時，波塞特準確無誤地抓住了轉角襲來的傢伙，「看來就算機組當機，想要趁火打劫的人也不會當機呢。」將對方隨手往旁邊的牆上一撞，他丟開了撞暈的小強盜，繼續步行。

船員和護船隊肯定也都開始協助當地聯盟軍肅清機組了，通常發生這類狀況，必須要放下手邊的事務用最快速度回到芙西上報到，現在儀器通訊顯然受到影響，無法很順利與其他人取得聯絡，波塞特也只好一邊往港口方向走，一邊順路搜尋看看有沒有其他待救援者。

就在差不多要進入港口地區之際，他嗅到一股奇異的氣味。

與莉絲燃燒時的味道不一樣，是某種藥物的味道，帶著隱隱潮水的氣息。他看了眼旁邊同樣警戒起來的黑狼，然後轉動手上的儀器，「看來芙西也遇到敵人了，請退開一段距離吧，我要解開初級束縛，攻擊範圍可能有點廣。」

雖然完全沒看過實際能力，不過黑梭也知道眼前的青年是個能力者這件事，對方一直帶有特殊的氣味，這種味道非能力者身上不會產生，就不知道是高階或低階，只是他有點訝異對方居然用了束縛。

就跟字面上的意思相同，束縛是指對能力者的能力束縛，和聯盟軍強加的那種封鎖不一樣，這是自發性的動作，有些能力者不想被探測到時也會使用束縛，大致分爲儀器型態的束縛方式與藥物型態的束縛方式，可以自行控管調整。

不過就一個被核可能力者的芙西船員來說，黑梭就不明白對方使用束縛的意思了。除非他的能力很危險。

往後跳開時，一股暴風往他們這邊掀過來，還沒看見攻擊者，黑梭就先嗅到裡面熟悉的味道，接著就是周圍的溫度突然不斷升高，到了非常熾熱的地步，氣流瞬間被扭曲，化解掉強烈的暴風。

「波塞特，停止能力。」

不知何時出現了陌生的氣息，訝異自己竟然沒發現的黑梭一轉頭，看見一名穿著芙西護船隊衣服的隊員從破碎的建築物後閃身出來。

「歐斯克達，發生什麼事情了？」轉動手上的儀器，波塞特一把抓住黑梭跟著跑過去那建築物後，險險閃過一記颳開地面的風刃，「爲什麼會有地面人員的危險警告？」那種藥物的味道是他們船上獨有的警告氣味，散開時就代表這個區域極度危險。

看了眼陌生的動物，被稱爲歐斯克達的芙西護船隊按著他們再往裡面走一些距離，「有人在阻止我們回到芙西上，隊長他們正在抵禦那些攻擊性機組，地面攻擊者內有幾個能力者，已經開始有人受傷了。」

仔細分辨氣味，黑梭發現碼頭四周果然充滿許多不同的味道，裡面有些可以分離得出來是芙西的船員或護船隊，但是陌生的味道有四、五倍之多，也都用地面建築物做掩護。所以他一爪子扒上波塞特的腿，低沉地發出警告聲。

「能力者嗎？」看了眼罕見的動物，歐斯克達瞇起眼睛，「立場？」

「以我的名譽和身分作爲保證，這是朋友，不是敵人。」摸摸大狗的頭，波塞特想了想，說道：「閣下可以先帶我們回到芙西上嗎？」

黑梭雖然很想先去確認那個操風者，但眼下芙西遭受攻擊是更嚴重的事情，於是他也只好先放棄追人，轉向另一個方位，準備替他們找出最安全的路徑回到船上。不過這實在不是什麼簡單的事，地面的陌生氣味分布非常廣，與其說是盜匪，不如說是軍隊或強盜……軍隊？

爲什麼聯盟軍會襲擊芙西？

「趴下！」注意到上方傳來破風聲，歐斯克達按下波塞特和黑梭，接著甩出了線狀物體，仔細一看，居然只是兩端綁著石頭的繩子，被高高甩出之後纏住了高速飛掠過的夜魅，在摔落的同時衝上前去直接往夜魅的頸子按下麻痺針劑，立刻將夜魅給放倒。

「果然還是這種東西好用。」把繩子拿下來，波塞特拋給友人，「走吧。」

領著兩名芙西的人員，雖然黑暗中沒有巨大的聲響，但是黑梭分辨得出來碼頭各處都在發生微小的衝突和攻防，軍隊似乎沒有想要眞的下殺手，只是想造成一些拖延和受傷，到處都發生了夾擊和流血事件，不過並沒有死亡的氣味。

到底發生什麼事了？

穿過層層障礙物，避開了那些躲在暗處的敵手，黑梭很快地帶著人逐漸接近芙西的方位。

靠近後，周圍開始有光源了，大部分的光都是來自於芙西的照明，一看清楚船周圍的狀況後，連黑梭都不免愕然。

剛才出現的大量機組這裡也有，而且數量非常多，大半都因爲震盪已經失去動力，但更多沒被影響的機組正從海裡爬出，一部分護船隊正在壓制機組引起的莉絲爆發，另一部分正在抵禦機組和不明敵方的攻擊。

「從異變島來的！」指著不遠處的島嶼碎片，歐斯克達喊道。

白天還被封鎖的島嶼碎片現在已經裂開成爲好幾部分，源源不絕的攻擊機組就是從那裡面爬出來，現在仍是一直持續冒出，數量多得驚人。

遠遠黑梭就看見了地面上保護著芙西的船員和護船隊，即使不是能力者，也全都表現得非常出色，持著各種武器，兩人一組拆卸機組的時間非常短暫，幾乎在眨眼瞬間就可以支解一組機械，勉強抵禦住大量的攻擊，不讓機械觸碰到芙西的船體。

「歐斯克達，看到波塞特了嗎！」站在船桅上，一名雙手交叉在胸前的護船隊女性朝走出遮蔽物的隊員大喊，「隊長要上島！」

「有有！我在這裡！」舉起手，波塞特馬上跳出去。

歐斯克達一拳往水手的後腦揍下去，「你是想昭告敵人攻擊你嗎！快點低調去跟隊長會合！」

「雖然這樣說……」一眼望去，靠近船與異變島的位置全都是機械，波塞特對於如何順利破敵過去還是有點棘手，更別說現在還有敵人在黑暗中偷襲他們。

撞了一下船員，黑梭發出低低的吼聲。

看著原本就不算小的動物突然開始扭曲身體，歐斯克達往後退開，讓黑狼徹底的變得更加巨大，最後幾乎有一層樓大小。

「高階能力者。」雖然有點訝然，不過既然是船員保證過的友方，歐斯克達也壓低了身體，揮出了佩戴的雙刀，「幫你們開路，把握時間去和隊長會合。」說著，他咬住了掛在脖子上的短哨，吹出了銳利的兩記哨音。

一股風吹來，船桅上的女性張開了手，颳起的風捲開了所有雜物，吹開了部分不穩的機組，中階操風者無法將更重的機組掀倒，但是已經替他們爭取到不少空間。

同時衝出隱藏處，歐斯克達以極快飛速旋身躍過機組後，重重擊中機械的脆弱處，當場把機械給打散失去動力。

看來芙西上也有速度型能力者。

在幾名隊員開始幫他們淨空通道後，黑梭瞇起眼睛，讓波塞特坐好之後，一個箭步衝出去，蠻橫地撞倒了擋路的機組群，避開黑暗中各種暗器與武器攻擊，筆直衝往有段距離的異變島。

在芙西的照明和海上的月光下，白色船體上也飛跳出白色衣袍的護船隊長，藉力風一托，隊長翻高了身體，在空中最高處陡然衝著海面揮出一刀，冰冷的結晶劃過，巨大的冰柱直接穿過海面，釘死了許多海裡的機械。

高階的凝冰者。

一邊讚歎那位隊長的能力，黑梭跳高身體，踩住了彈過來的冰塊，用力衝進了裂開的異變島。

「你快點離開這裡。」黑梭還沒停下衝速，波塞特就翻下了巨獸的身體，然後大聲喊道：「快快快！」

看了眼青年，一爪勾住了冰柱煞住速度，黑梭立刻折返。

異變島上有不少死亡氣息，看起來都是原本駐守在這裡的聯盟軍，已經沒有活著的其他生物了，在隊長即將靠近時，黑梭已經離開異變島，回到碼頭上，順便撞開了聯盟軍、拖走一名受傷頗重的船員。

四周的溫度開始升高。

然後，更加熾熱。

黑梭退進了芙西的範圍時，幾名護船隊保護性地擋住了他們，動作一致地拉起了帷幕和防具，黑暗處的攻擊者也發現不對，紛紛撤出更遠的距離。

異變島的空氣開始扭曲，上頭的機組動作開始遲鈍緩慢，接著竟然開始綻出暗橙紅的色澤，那顏色周圍隱隱纏繞出莉絲的毒氣。

黑梭突然知道那是什麼能力者了。

在機組開始傾斜熱融時，冰冷的空氣也開始拉出海水凝結，層層隔絕了異變島。

難怪他會只是船員，難怪他在船上的地位看起來似乎不算低、可以到處出入，就算是芙西，也不可能讓這種能力者當護船隊，因爲在這種時代裡太過招搖了，不如隱藏在船員中，以免被襲擊或是用各種藉口除掉。

那是會讓現今人類恐懼的極端能力者分類之一，聯盟軍致力消除的第一目標。

「波塞特出手了，正在完全破壞異變島與機組，所有人回到船上，第一要務保護芙西，並清除來襲敵人。」打開顯然已恢復正常的儀器，歐斯克達立刻傳遞消息，「切斷外來蒐集訊息者，不可讓他的身分曝光。」

芙西上有一個炎獄高階能力者。

□

遠方好像吹來有點微熱的風。

在城鎮照明開始陸續恢復之際，探出車外的青鳥感覺到有股怪異的熱風。他們現在已經離開城鎮，因爲聯盟軍開始巡城堵住許多出入口，所以他們的路線是在亂選中開往了郊外無人之處。

「我將它設定在天亮之後轉向荒地的駐點，希望可以得到庇護，這樣兔子他們要找我們也比較好找。」琥珀揉揉眼睛，忍著肩膀的痛，打起精神入侵軍方資料庫，繼續追蹤各種情報，「港口那邊好像出現了『炎獄』，聯盟軍發布緊急命令要扣押那個能力者。」雖然不知道是誰，可是那名能力者顯然破壞了整座異變島，把從裡面冒出的大量機組也都消滅了，接著芙西的人將融解的異變島連同莉絲封印成一整座冰山沖出外海，解決了全部攻擊機組的來源。

「啊！啊啊啊！我想看炎獄的能力者啊啊啊啊——」青鳥發出慘叫，因爲莉絲爆炸，所以雷、火系相關的能力者被大量處決，幾乎都快比影鬼罕見了。傳說炎獄能力者破壞力非常強，當初在戰爭時也是第一線的攻擊者，一個高階或是頂端炎獄可以破壞整支軍隊，是傳說中的傳說！

但是在這種時代，被稱爲炎獄的火系就是禁忌能力了，聯盟軍用盡各種方式消滅他們，就連一般藥物、食物裡都有破壞雷火系基因的成分，所以已經很久沒有這種能力者的出現，就算有也不會使用能力，整個隱藏起來。

「那好像是隸屬芙西的能力者。」琥珀一邊破解著加密的重大指令，一邊冷笑了聲。既然是芙西的一員，聯盟軍絕對動不了他們的，除非聯盟軍想不開到要和一船的能力者正面起衝突。

「一定要波塞特幫我介紹。」露出垂涎的表情，青鳥盤算著美好的未來，「絕對是超頂級的肌肉、像隊長一樣那麼威武！威風凜凜！有大俠的風範！鐵血的男子氣概！」

「搞不好是像波塞特一樣的白痴。」冷眼看著那什麼跟什麼的幻想，琥珀肯定絕對不是那種人，如果是早就被盯上了。炎獄不可能明目張膽地放在護船隊裡，如果又長得像什麼鋼鐵筋肉怪異人，放在一般打雜位置肯定也會被起疑。

「你怎麼可以這樣說！炎獄絕對跟波塞特不像的！炎獄肯定更有雄壯的男子樣！」決定維護他的美好幻想，青鳥哼哼地不跟他學弟抬槓，維持美好的夢想最重要。

正想多戳破幾次當娛樂，琥珀餘光掃到路面時，猛然驚愕地煞住車輛，應該要偵測路面狀況的自動系統居然沒有發現前方出現了人。

仔細一看，竟然是渾身鮮血的人。

青鳥立即跳下車，拉起啪答一聲直接倒在他們車前呈大字狀的人，「大叔，你沒事吧？」

慢慢走過來的琥珀皺起眉，仔細看了一下差點被他們輾過去的人，馬上就辨認出對方的身分，「尤森指揮官？」

「咦？眞的是耶！」青鳥瞪大眼，看著昨天還活蹦亂跳虐待他、現在卻血淋淋的大叔，好像也就剩一口氣。

「但是剛剛軍用系統中，尤森．安卡是登錄的，他正在系統上發布指揮命令。」抹掉大叔臉上的血，琥珀將面孔掃描後確定這是本人沒錯，那線上的……

「小心！」聽見空氣中逼近的聲音，青鳥抓起血大叔往車裡一扔，然後推開琥珀，險險避開飛來的刀子。

打亮了照明，琥珀看見空曠的郊外有三個陌生人朝他們逼近，非常不友善，但是看起來他們的目標是那個大叔，並不是他和學長。

他立刻想到這是什麼狀況了。

「有個假冒尤森的人要趁亂消除掉這個大叔。」既然安卡家的小姐都已經被強盜取代了，那麼再一個取代掉指揮官也是理所當然，他就奇怪怎麼會只取代小的，尤森致力掃蕩強盜，應該才是他們的目標。

「明白，你快點跟大叔躲進去。」那幾個傢伙看起來似乎不是能力者，青鳥吸了口氣，瞇起眼，準備用最快速度看能搞定多少就先搞定多少。

正要出手時，已經靠過來的兩個殺手突然發出怪異的聲音，一前一後地倒下，他們的背脊後都插著短刀，無聲無息地掠奪了生命。

抓準機會，青鳥急速繞到了另一人的背後，在殺手還沒反應過來之前，快狠準地一拳擊昏對方。

然後，他看見那個小強盜從黑暗處走出來，還是千金小姐的華服打扮。

他以爲是來對大叔補刀的，所以連忙擋到車前。

沒想到美莉雅只是默默走過來，拔回自己的刀子，用一種很複雜的眼神看著車上的大叔，「……你們快滾吧。」

「這是怎麼回事？」青鳥愣了愣，也不知道是在上演什麼劇碼。

「別問了，快點走，叫那個人不要再自稱尤森安卡，能活命就不要回來。」從腿上的布包拿出溶解液體，美莉雅將地上的殺手分解了，然後恨恨地瞪了眼青鳥，「快滾，不然第二批人馬上就會追來了。」

不知道爲什麼，這個小強盜在保護大叔的樣子。

雖然搞不清楚又有啥愛恨情仇，不過美莉雅顯然並不想殺掉大叔，於是青鳥連忙跳上車，車上的琥珀正在用藥幫大叔止血。

「滾！」

然後美莉雅消失了。

把握時間，琥珀騰出染滿血的手，將車子設定成最高速的自動駕駛，然後急速離開這個區域。

車子一滑出去的同時，他們就聽見有東西落在車頂，發出極細微的聲響。

正要想辦法打落車頂的不速之客，青鳥先看見一小根藤蔓從窗戶的隙縫捲了進來，接著是上面傳來的低語——

「友方，森林之王。」

第七話▼▼▼來自他方的援手

他們在天亮時，進入了一處峽谷。

車停下來後，青鳥和琥珀才總算看見了車頂上乘客的眞面目。

雖然蒙著面拉低斗篷，但是打扮就和他們之前在黑森林看過的那些人非常相似。

「月神透過聯繫，要我們出手協助。」森林之王的成員低聲說著，然後一把扛起了已經止血的血大叔，指向了峽谷中非常隱蔽的道路，「請往這邊來，瑞比特。」

沒想到森林之王在這邊會有分點，不過想想既然是個不小的組織，在這裡有蒐集情報的駐點好像也很正常。青鳥和琥珀對看了眼，就跟著那人走進去。

一踏進道路後，周圍的植物立刻擁了上來，將道路埋沒，讓外面的人無法看見他們的去向。

「我們會告訴你們目前狀況。」邊走著，那人一邊這樣告訴他們：「昨晚的變化非常大，港口被完全封鎖，但是芙西已經在封鎖之前衝破攻擊進入外海。」

「……到達外海之後，聯盟軍就不能正大光明地攔截他們。」思索著芙西會出去的理由和綜合軍方各部資料，琥珀不難想到發生了什麼事。

「大哥你怎麼稱呼啊？」巴巴地看著森林之王的成員，青鳥很訝異這邊的植物居然好像也有一點生命，會一直遮蔽道路，摸起來還軟軟的很好玩。

「藤。這些是警備用的肉食植物，請別一直觸碰，過度刺激會捕食周遭活物，前陣子才吃了一個聯盟軍，幸好在被完全消化之前讓我們發現，但是也缺了手腳。」瞄了眼一直在摸那些會動植物的青鳥，成員如此說著。

瞬間縮回手，青鳥吐吐舌頭。

藤最後帶他們到達的是個很大的石窟，裡面有兩、三個人，也是森林之王組織的打扮。

很快地他們就知道這裡是蕾娜布置的情報蒐集點，在其他星區也有類似的小駐點，並不會主動出手做任何事，主要就是收集各星區的情報與可用資源，加以強固組織。

藤向他們解釋這樣出手已經算是破例了，不同星區的處刑者不能侵犯該區的運作方式，一失手很容易造成星區間的爭鬥，不管是聯盟軍或能力者都是，所以他們都很低調地在維持運作。

在第七星區就是以藤爲首的四人作爲一個情報點，藤是中階綠能力者，可以使用部分類似泰坦的力量，在第六星區時偶爾會作爲泰坦的分身誘餌引開敵人。

脫下斗篷後，青鳥看見對方是皮膚白皙的青年，身上臉上有些深綠色的刺青，紫色的眼睛和淡紫藤色的短髮，看著就覺得有種特殊的美感。不過聽說不少綠能者好像都這樣，外表有某種奇異美，這讓他更好奇泰坦的樣子了。

「昨晚其實有一場攻擊。」並沒有特別在意青鳥驚艷的目光，藤讓其他人接手尤森的治療，然後抓住琥珀，按著人幫他檢查肩膀的傷勢和做治療，順便讓小的也幫自己身上的擦傷上點藥，「根據我們的情報，朱火聯合幾個強盜團祕密攻擊了部分聯盟軍，而聯盟軍方面下達了禁止船隻離開的指令……但是不知爲何，指令變成全面破壞港口船隻，與異變島的機組幾乎是連手襲擊。」

「被攻擊的聯盟軍分布？」

「全都是致力掃蕩強盜的正義改革派系，包括尤森安卡的手下隊伍在內，改革派的隊伍全部遭到攻擊，但是並沒有傳出太多死傷……最奇怪的是成員已經異變了。」

大致上幫琥珀包紮好後，藤接過隊員準備的乾淨衣物讓兩個小孩擦洗，弄乾淨後才領著他們前往森林之王據點的主機系統位置。

看著他們收集過來的資訊，琥珀把自己的儀器接上連線，然後再度入侵聯盟軍的軍用網，快速尋找相關報告，「看起來是發動了替換……布蘭希統帥呢？」

「被捲入機組攻擊，目前下落不明，那一帶的機組爆炸，聯盟軍也正在控制莉絲當中，情況還是很混亂的。」因爲泰坦和蕾娜直接交代過來，所以藤讓少年自行運用森林之王在這邊的資源，並未阻攔對方操作，「昨夜機具不只襲擊港區，不同區域都發生了機具攻擊，看來異變島是強盜團發動大規模襲擊的手段之一，先讓人將目光都放置在異變島上，趁機布置機具到各處一併發動攻擊；或者是早就布置好，只是在等待時機。」

「有大俠他們的下落嗎？」青鳥一屁股在旁邊坐下，也很擔心大白兔他們。

「黑梭的話，應該和波塞特在一起，港區那邊回報出現了像是狼的大型動物；兔子我正在聯繫，但是還沒回應，曼賽羅恩要調查聯盟軍攻擊的事件，剛剛回訊已經潛入中地帶。」實際上也正一邊和其他人取得聯絡，琥珀想了想，傳了一些可用的程式組給曼賽羅恩，方便對方運用在保護自己身上。

大白兔則是完全沒有回應，但是聯盟軍也沒有抓到兔子，八成是儀器壞了或是又換身體，只能等對方自己出現了。

感覺還是很不踏實，青鳥很想回去確定是不是真的平安，像香朵和一九他們也不曉得有沒有安全撤離。

「學長，月神那邊來了通訊。」正想繼續挖掘聯盟軍情報時，琥珀注意到有人連上了森林之王的通訊網。

青鳥連忙湊過去。

很快地，顯像拉出了阿德薩的臉。

「看來大家都平安無事啊。」笑了下，阿德薩和藤打了招呼，似乎是鬆了口氣。

接著阿德就被推開了，擠出來小茄的臉。

「小鳥小鳥～瑞比特好可愛好可愛！我幫妳挑的衣服果然很適合，超級可愛的！」

青鳥眼神死地看著散發大量愛心的少女，完全不知道該回應什麼。照道理來說，這是處刑者的聯絡網啊！大會聯絡網啊！正義的通訊網啊！不是應該大家全部正襟危坐，一臉嚴肅地開始探討起目前極度危險的狀況，接著攜手解決危機嗎！

「不過，爲什麼妳的行李裡要放那麼多不可愛的衣服呢，而且那內衣褲根本和男生穿的沒兩樣啊！還好我都幫妳準備好了！那個蕾絲花花的很可愛喔！回來之後我們再去逛街吧，我幫妳多挑幾件更適合的。」

青鳥整個漲紅了臉，完全沒想到小茄竟然在連線上給他講內褲！不只是他，後面的琥珀、藤和其他森林之王的人全部聽到了啊啊啊啊——

「我們先說正經事吧！」連忙大聲卡斷小茄的閒聊，青鳥哇哇地打斷什麼鬼內褲話題。

「你們先和蕾娜也接上線吧，蕾娜正在等藤的回報。」阿德薩有點苦笑地回到位子上。

一邊的藤打開通訊，拉出了黑森林的連線網，很快地出現了蕾娜的影像。

「看來你們氣色都還不錯。」依舊是冷冷的態度，不過蕾娜在看到兩個小的活蹦亂跳後，顯然軟化了嚴肅的神情，鬆了口氣，「第七星區發布了封鎖命令，除了已經衝破防線出航的芙西，現在所有船隻都遭到攔截，無法離開，七大星區正在緊急召開會議，預計派出聯絡官和船隻，要求了解第七星區的狀況，但是第七星區完全沒有回應，對外連線似乎癱瘓了。」

「我們這邊攔截到一些強盜團的資訊，很多傾向朱火的強盜團這幾日都在趕往第七星區，似乎要發動大規模的動作。」阿德薩調出訊息，傳到了畫面上，「飛行船的事情鼓動了大量強盜團和海盜團加速聯合朱火，有消息傳播，說朱火會再展示類似的飛行器，雖然是謠傳，但是可信度很高。」

「泰坦認為情勢會開始惡化，第七星區封島之後會在短時間內肅清完改革派，在重新開放對外聯繫之前，會將體系全部替換成和朱火聯手的變政派，這幾日內島內一定會發生各種清洗，所以你們要盡快回來。」蕾娜看了青鳥和藤，意思就是在場的所有人得立刻撤離，「藤的紫櫻可以帶你們登上芙西，或者做落點休息直接回到第六星區。」

「……蕾娜小姐，請讓我們繼續留在這邊蒐集情報。」和幾個人點了點頭，藤提出了意見，「如果因爲安全撤離，就無法徹底了解第七星區之後的變化。」

「我想我們會有其他的方式，泰坦不希望你們留在那邊。」

聽起來似乎是不給商量。

青鳥抓抓臉，留意到藤的表情有點苦惱。

「改革派已經有人向荒地求援了，你們可以將尤森交給荒地的人，他們知道該如何轉移或保護處置，而且目前他們的管道也是最好最安全的。」阿德薩在藤的回報上也看見了尤森的影像，大致上可以拼湊出正在發生的事，「尤森是非常正直的人，不應該因爲這些事情被殺害。」

「總之，你們快點回來吧。」小茆招招手，「我們在家等你們喔。」

「對了，有件事需要告訴琥珀。」在影像的另外那端，阿德薩有點表情複雜地看著琥珀，「小茆發現了那名朱火強盜團，大衛……」

「我已經知道了。」輕輕打斷阿德薩的話，琥珀點點頭，「我會再確認。」

「那麼，你們一定要小心。」

□

藤把撤離時間訂在晚上。

青鳥兩人隨後看見了紫櫻，那是和泰坦的大型飛獸、天風長得很像的半植物生物。不過天風是銀綠色的，構成物全都是草木植物，而紫櫻看起來是銀紫色的，紫色的部分很淡，組織偏向花葉，看起來也很優美，大小比天風小了一圈，不過也很足夠帶走所有的人。

「這究竟是什麼生物啊？」看著飛獸紫色漂亮的大眼睛，青鳥記得蚯只生活在黑森林，沒想到這裡也會有。

「是一種活的半植物，是這個星球原本就有的生物、也是原居民，但是在星球開拓時代被消滅絕跡，泰坦在地底找到了僅存的幾顆種子，綠能者可以分享生命和能力培育出相對應的騎獸，不過不能分開太久，否則會枯萎死去。」藤爲他解釋了一下，然後摸著飛獸的鱗甲，露出了淡淡的微笑，「我們共享同樣的生命。」

站在一旁的琥珀也摸著紫櫻。

雖然對方沒說，不過青鳥看得出來他家學弟很喜歡這種生物。

「那麼，我們會將尤森帶往荒地在這裡的據點尋求保護，傍晚時啓程前往芙西。」取出了黑森林自製的防具，藤分給兩個小孩，「如果你們要外出，請千萬注意安全，因爲攻擊機械的影響，目前各地居住區都發生大小不一的莉絲爆炸，有些地方還未完全抑制，危險性極高。黑森林的聯絡網可以自行使用，我們已經把授權複製給琥珀了。」

謝過之後，青鳥看著黑森林的人離開去處理尤森的事情。

「琥珀，這裡可以遠程聯繫到第四星區嗎？」思考了半晌，他嘆了口氣，轉向一邊正在繼續襲擊聯盟軍的學弟。

「……或許到不了那麼遠，但是可以試試跳點連線。」雖然第七星區已經封鎖了，不過黑森林的聯繫仍連結著，這也表示他們在海上也有遠程通訊的合作船隻，只要掃描看看應該就可以找到零星的私人傳輸點。剛剛聽說七大星區都有黑森林的情報據點，應該可以運用轉跳的方式轉連到第四星區，「學長你想要跟家族對話？」

「唔……是啊，看看可不可以找到什麼資源……可是……」

知道對方的顧慮，琥珀嘆了口氣，「不要勉強，我想目前應該還不用動用到家族，如果第四星區攪和進來，會把情事弄得更複雜，既然我們已經以處刑者自居，就如同之前所說，必須切割立場。」思索了下，他再度開口：「不過我們可以將尤森的狀況傳給瑟列格家族，瑟列格家族對外是支持正義派系的，應該在星區中多多少少可以發揮作用，而且如果瑟列格和荒地都伸出援手，那麼追殺尤森的人也不會那麼容易得手了。」

「那就這樣辦吧。」青鳥把自己的儀器按到傳訊上，讓琥珀使用自己的特殊身分，可以在第一時間把消息傳給高位者。

花了點時間，琥珀將訊息傳遞到之後，就抹除黑森林的連線痕跡，避免瑟列格家族追蹤上。

將這些事情做完後，天色還很亮。

「大俠有回應了嗎？」看來能做的好像都做了，青鳥來回走著。

「沒有，但是……嗯？」正想說可以試試用街道系統看看有沒有消息時，琥珀手邊的儀器發出細微的聲響，「有人想入侵我的主機系統。」

青鳥瞪大眼，震驚地看著他家學弟……沒想到這句話竟然會從對方嘴巴裡講出來。不是應該倒過來的嗎！都是他學弟在入侵別人啊！

這種感覺就好像是一直以來都內有惡犬，結果突然發現惡犬被反咬一口！

「並不是真正的主機，是假的。」懶得和青鳥解釋太複雜的事情，琥珀從行李箱拿出備用的通訊儀器。

爲了不讓別人攻入，他放置了許多虛擬主機陷阱，即使對方眞的越過層層防線或用各種方式繞道，後面還有大量迷宮等著他，每個誘點都放置了幻象程式，一走錯就會啓動反攻擊；虛擬空間還會將侵入者導向各地不同聯繫跳點，例如其中一個就會牽引到當地星區聯盟軍總部，讓攻擊者和聯盟軍一起好好玩一會兒，無法用來鎖定他們的方位。

「不知道是哪來的小丑想跳一場死亡之舞。」越深入的空間越危險，最終點琥珀丟了一個高級反向毀滅程式等著對方，不過看來試圖入侵者在門口就停了，還挺識相的。

一打開連線後，他反而有點意外地挑起眉。

「誰啊？」看他學弟表情變得很訝異，青鳥連忙湊上去看，但是影像全都是他看不懂的亂碼。

「看來是那位布蘭希統帥。」沒想到對方會用這種方式找上他，琥珀思考著自己可能還是小看了軍方，雖然她找錯地方，但是的確聯繫到他。盯著上面發出要求通訊的訊號，他轉向旁邊的傢伙，「統帥想要和瑞比特對話，怎麼辦？」

「那就對話啊？」青鳥呆呆地回應。

覺得自己眞是白問了，琥珀沒好氣地打開了通訊，但是打開之後才發現對方幾乎在同時離線了，看起來似乎是被強迫斷線，撤回得很突然。

「大姊有危險嗎？」聽了狀況後，青鳥有點擔心。

「不曉得。不過她的位置是在普通民居，看起來應該是陷阱，不用理會吧。」切割掉那個空間，放置到另外一個位置，琥珀沿線回追對方的所在地點，發現是在港口區外圍的小村鎮，他打開了那一帶的街道影像，皺起眉。

出現在他們面前的是被機組襲擊過後的街道，整條街道殘破不堪，纏繞著很淡的莉絲毒氣，街道影像上閃爍著警戒，禁止一般人踏入。

不過看來機組已經被肅清完畢，全數都失去動力，就跟建築一樣全部被拆毀，和那些毀損的牆壁、籬笆倒在一起。

「等等！你看這邊！」眼角瞥過一抹熟悉的顏色，青鳥馬上喊停，然後指著影像角落，「這不是大俠嗎！」

被一面倒塌的牆壁壓著的是半張兔子臉，身體部分全都埋在牆裡和石塊裡。

因爲有波塞特的紅色縫線，所以青鳥一眼就認出來了。

「難怪沒有回訊。」看樣子八成是儀器壞了，在那種地方又不能隨意啓動儀器，琥珀嘖了聲。

「我們要過去看看嗎？說不定大俠在等待救援。」森林之王的防具應該可以抵禦那種程度的莉絲毒氣，青鳥擔心起被壓在那邊的兔子。

「布蘭希也在那邊耶。」他家學長不會忘記那邊有聯盟軍了吧。

「可是那個大姊是好人，應該不會對我們怎樣吧？」統帥大姊看起來就是正義的一派，青鳥覺得應該不會有什麼陰險的手段。

「你別忘記我們是壞人，她要打死我們都來不及了，哪有可能不對我們怎樣。」

「啊，也是。」

琥珀直接往矮子的腦袋上摜一拳。

「你又打我的頭！」摀住腦袋，青鳥馬上退開好幾步。

「頭長那麼大顆不用來思考，除了拿來打之外還有什麼用處？」居高臨下地俯看著對方，琥珀回以冰冷惡毒的言語。

本來很想淚奔給他看，不過青鳥在踏出一步之後，突然想起還有兔俠的事情，所以只好能屈能伸地把腳縮回來，「真的不能去嗎？琥珀你就跟之前一樣留在這邊還是遠方就好，我可以自己過去看看。」這種簡單的探查還難不倒他。

「倒也不是不能去，老慣例就是。」

「欸……」

□

從動力車跳下來時，青鳥可以看見不遠處的小城鎮毒氣似乎又變得更淡了些。

「附近應該有能力者或聯盟軍在幫忙稀釋毒氣吧。」

點點頭，他打開了防具，讓防具氣流保護在周身附近。他們停在城鎮附近的小山丘上，這裡雖然沒有莉絲，不過還是先打開得好，「琥珀你在這邊等，我很快就回來。」

回望車上，青鳥還是覺得很新鮮。

稍早時他以爲又要悲情地穿女裝，不過很快地就發現這次換裝的模樣不一樣，琥珀幫他把頭髮染成茶色還整理成鬈髮，皮膚的顏色也變得比平常還要深一些，臉上竟然還有很眞實的雀斑，眼睛在用過藥物換色後也變成褐色，看起來就是非常一般的男孩，路過都不會有人特別注意。

坐在車裡的琥珀則是變成和他原本一樣的金髮藍眼，看起來又是另外一種感覺了，不過怎麼看，青鳥都覺得他家學弟還是很優質，換個顏色還是有種超脫的氣質嘖嘖。

「剛剛對過的台詞別忘了。」懶洋洋地看著眼前的小鬼，琥珀爬到前面的駕駛座準備等待。

「我記得很熟！放心！我是附近農家的小孩，因爲來不及撤離而躲在地下室裡，爸爸之前有給我防具所以很安全，我正在找家人，不過請放心，已經聯繫上了，我這就要去和家人會合。」舉起手，青鳥把假身分唸了一次，想著到時候應該還要吸兩次鼻涕裝可憐。

「盡量別讓聯盟軍跟上，我會幫你搜索附近有在活動的人，位置會隨時傳給你，能避開就避開。」連線上街道未損毀的其他裝置，琥珀讓程式開始探測安全路徑。

「好！」

看著他家學長進入城鎮後，琥珀按著肩膀，暫時先踏出車外呼吸新鮮空氣。

街道上的聯盟軍並不多，城鎮居民大部分都因爲異變島早就撤離了，所以機械進攻時並沒有造成太多死傷，幾乎都只是建築物損毀，所以聯盟軍八成也就是派幾個人過來必要性地稀釋毒物，大約就五、六人，要避開很簡單，另外就沒探測到其他人或者能力者的存在了。

這麼看起來，那個呆子應該很快就會回來，說不定也會帶著兔子一起回來。

也不知道兔子昨晚爲什麼會跑到這裡，雖然是港區外的小鎮，但是離港區的確還有不短的距離。

正在思考著要不要趁空檔將這裡昨晚的錄影調出來搞清楚狀況時，琥珀感覺到一股風突然繞到自己身上，圍困了他的動作。

「這是什麼意思。」微微偏過頭，他果然看見了讓人頭痛的麻煩人物。

「失禮了，我擔心碰上虛仿，不得不謹慎。」

解除了風，柏特有點抱歉地微笑著，「我沒料到學弟會喬裝出現在這邊，遠遠看以為是不同的人，但是又不認為是誤認，所以才先出手。」

「你曾和虛仿對上嗎？」拍拍剛才被勒緊的手臂，那個動作扯動他肩膀的傷口引起了疼痛，讓他心情整個極度惡劣，琥珀冷看著對方，「否則一般人不會認為自己碰上虛仿。」就如字面所言，那是種可以模仿他人或物體外型的能力者，這種能力者正面交戰的殺傷力不強，沒有特別厲害的攻擊異能，前世代在培養訓練後都是用來當作間諜或暗殺使用。

「這倒是沒有，只是昨晚不論是強盜團或是一般人都出現了不少能力者，所以多了必備性的防禦，讓你感到不快真的很抱歉。」再度道了歉，柏特走上前，上上下下打量了下對方，「幸好你們也安全，昨夜回去那家店之後，所有人都不見了，我一度很擔心你們的安危，但是又聯繫不上。」

「喔。」

瞬間結束話題，琥珀決定要更換藏匿點，先把這個人甩掉再說。

正要轉身回車裡時，再度捲開的風攔住他的路，回過頭，他看見柏特又是那種讓他想撲上去撕臉的含蓄微笑。

「以聯盟軍之名，我可能必須強迫你接受聯盟軍的保護，這一帶全都是警戒區域，身爲聯盟軍，不能讓一般百姓獨自在這裡走動。」這次並不打算給對方拒絕的空間，柏特非常強硬地說道：「你應該知道聯盟軍的絕對命令是不能違反的。」

「……是啊，不然就是反抗聯盟軍，視情節輕重有不一的罰則。」瞄了下手腕儀器，青鳥還在城鎮裡，琥珀不太清楚柏特是什麼時候來的，對方可能也有看見他學長，但是並沒有提到……難道是故意等對方走掉嗎？

「請過來吧。」柏特有耐心地重複了一次。

「我拒絕，我還有同行的人，所以沒有獨自也沒有安全上的考量。」不管是哪種可能性，琥珀都不想跟著別人離開。

「那只好失禮了……」

「既然這位要待著的話，就不用勉強了吧。」

打斷他們僵持的是另外一個人的聲音。

轉過頭去，琥珀挑起眉。

那個穿得像正人君子，戴著假面具的強盜冒了出來。

柏特有點不滿地看著介入的人。

「布蘭希統帥的安全已經確認，你的任務也已完成，差不多得盡快回去交差了吧。」露出玩味的笑容，噬轉向旁邊的琥珀，「至於這位湖水綠，我們也曾見過幾次面，實際上昨天才見過，既然身爲聯盟軍也代表雷森家族，陪他在這邊等待所謂的同行者，你應該也沒有異議吧。」

總覺得柏特的表情變得有點怪異，不過琥珀現在比較希望對方快點離開，否則這個強盜一發難，可能連柏特都會遭殃。

不過說起來，當初在學院時柏特也正面和這個強盜對上過，怎麼沒認出對方來？

「有雷森家的人在，的確是。」再度看了琥珀一眼，柏特打起精神，「如果有危險，請務必聯繫我。」

笑。

「喔。」

目送著柏特離開後，琥珀慢慢地往後退開。

「我看起來像是會一口把你吞下去嗎？」閒雜人等一消失，噬立刻換回原本冰冷的笑。

「你不是一直都在做這種事嗎，這搬不上舞台的笑話，逗不了觀眾。」警戒地瞪著眼前的人，他思考著各種逃走的方式，「柏特沒認出你？」

「你認爲呢？」

肯定是他們又玩了什麼把戲，琥珀留意到這個強盜似乎沒有帶任何人，跟他一樣都是獨自一人，但是就算如此，對方若要襲擊他仍是綽綽有餘。

「眞是糟蹋眼睛的顏色。」對琥珀現在的模樣並沒有太大的興趣，噬環著手，看著眼前獵物緊張不已的樣子，「你們昨天似乎幫了美莉雅一把，我就知道她對尤森產生不必要的感情，他們相處太久……算了，對那個傢伙我並沒有太大的興趣，你們要藏多遠就藏多遠，別再讓他踏上第七星區，他也可以留著自己的老命。」

「你要讓他活著？」這點琥珀就意外了，通常取代身分，大多是會把原本的人給滅口避免曝光，顯然他們原本也是打算這樣做。

「他活不活都不干我的事，下命令的是首領，執行的是別的隊伍，出紕漏我反而高興。」

「……你今天沒打算抓我？」看對方好像眞的是閒閒沒事幹站在這邊，琥珀也搞不懂這強盜究竟想幹什麼。

「你現在的模樣眞讓人胃口全失，何必遮掩那雙美麗的顏色。」看著藍眼，噬一整個提不起興趣獵殺小動物。

「那個顏色是原罪，在不想引起注意時，遮掩是必要的。」注意到對方意興闌珊的態度，也不知道爲什麼，琥珀老覺得對方在看他眼睛時都有某種不太容易看出來的怪異情緒，他想起了美莉雅曾說過的話，「就像你先前那名綠眼奴隸，如果不是因爲這種原罪，怎麼會淪落到強盜手上。」

「安特妮亞不是奴隸。」

強盜在說這句話時，眼神瞬間起了殺意。

琥珀再度往後退開一步。

「她就像你一樣，高貴的家族被攻擊時，她遮蔽了顏色，當時根本沒人知道她是湖水綠，所以才會分配給我。」伸出手，噬抓著少年的臉頰，「相對地，她的女侍爲她而僞裝成湖水綠，在第三天被活活撕成碎片。」

用力掙脫對方的手，琥珀皺起眉，「所以你窩藏湖水綠嗎？」這就難怪後來會被殺了，肯定是當初搶回來的隊伍發現眞正有價值的湖水綠錯手讓給人而惱羞成怒了吧。

「如果你想成爲我們的一員，再慢慢去問別人吧。」失去了繼續談下去的興趣，嗌聳聳肩，轉身準備離開。

「等等。」

嗌轉回頭，挑起眉。

「大衛在第六星區被發現，那麼我父親在哪裡？」

「這個嘛……對於未來的團員，給你個建議，最好看著瑚．沙里恩，雖然你很聰明，但是你未必知道你父母代表什麼。」

黑色的影子在嗌身邊掀高，琥珀才驚覺那個影鬼一直跟著他，眨眼之後強盜們已經消失蹤影。

空氣恢復了寂靜。

「父母代表什麼，我最清楚不過了。」

第八話▼▼▼替換

青鳥避開了隔壁街道的巡軍。

踏進城鎮後，他手上的儀器不斷更新巡軍的方位。

在第三條街道時，他看見了似乎受傷不輕的布蘭希被巡軍帶走，其中有幾個人穿得不太像巡軍，好像是什麼特別的隊伍，身上還有某個家族的徽章，他想著等等回去要問問琥珀。

看著地圖，離他們發現大白兔的位置還有幾條街的距離。

正打算用最快速度趕過去，才一往前衝，青鳥整個眼前一花，完全沒預料到有東西會突然冒出來，所以結結實實地跟對方撞個正著。

大概也跟他一樣沒準備，衝出來的「東西」也重力加速度地整個被撞飛出去，還在地上滾了一圈。

自己也飛出去的青鳥最後趴在地上，一陣頭昏眼花後，才發現自己撞上什麼。

「你找死！」

那個「什麼」拿著刀往他臉側一捅，惡狠狠一腳踹過來。

動作比她更快地往旁邊又翻一圈，青鳥整個人跳起來，側身避開第二刀，「妳個小強盜每次都要拿刀砍人，習慣真的有夠不好！」穩下身體之後，他揉著臉，剛剛撞太大力了，還聽到很大的叩一聲……屁股也摔得很痛……

對面揉著屁股的美莉雅腫著額頭，火氣非常大地想再往這邊砍來第三刀。

「休戰一下。」擺出休息手勢，青鳥連忙揉一下所有撞痛的部位。

咬著短刀，美莉雅也轉過去揉各個碰撞的部位。

半分鐘之後，短刀又飛過來了。

一把接住那支刀，青鳥沒好氣地開口：「別鬧了喂！爲什麼妳又出現在這邊啊！」

看女孩的樣子還是那個千金小姐打扮，他直接將短刀給甩回去。

穩穩地接住刀子，美莉雅順勢插回腿套上，「這應該是我想說的話，爲什麼你會出現在這裡！還是這種可笑的裝扮！」

「弄成這樣妳還看得出來，我該稱讚妳眼力好嗎。」青鳥有時候被改得連自己都看不出來是自己了，沒想到這個小強盜居然一眼認出來。

「我又不是瞎了。」美莉雅白了對方一眼。

「所以妳在這裡幹嘛……啊，昨晚是你們搞的嗎！」要替換星區一些人物什麼的，看來應該就是這些強盜沒錯了。

「干你啥事。」懶得和對方多糾纏，看了四周並沒有被聯盟軍發現異狀，美莉雅打算繼續執行自己的任務。

「哪裡沒干，尤……」

「閉嘴！」撲過去摀住對方的大嘴，美莉雅用力把人拖進了最靠近的建築物裡，「你想害死他嗎！首領要除掉他，下令全都滅口啊！」

努力掙開女孩的手，青鳥抹了幾下嘴，「所以說，爲什麼妳會保護他啊？妳也是強盜啊。」

「我！我……我……」絞了幾下裙襬，美莉雅才鬆口：「他人很好……他只要脫離聯盟軍不要回來，就不用死。」

看著對方掙扎的模樣，青鳥多少有點明白了，「尤森指揮官很照顧妳吧。」雖然是個怪大叔。

「……少廢話，既然你們是什麼正義的一派，就好好藏著他。」

「那個大強盜應該不會因爲這件事情爲難妳吧？」雖然是兄妹，不過青鳥記得琥珀曾幫他惡補過一個是團長一個是副團長，不知道會不會因爲這樣惹麻煩。

「負責殲滅的是副首領的第二團，嗞才不會管，而且他對尤森根本沒興趣，除非是任務，否則他根本不會爲了他沒興趣的東西動手。」瞇起眼睛，美莉雅瞪著眼前的傢伙，「所以你們快點滾吧，趁現在還沒完全底定，帶著尤森有多遠跑多遠，等到首領坐定第七星區的大位之後，你們就會極度危險，到時候我想放過你們都很困難。」

雖然沒有琥珀那麼聰明，不過青鳥也覺得女孩的話聽起來怪怪的，而且這樣說來，難道昨晚異變島機械暴動的主謀不是小強盜他們這群？

不過就算不是，也是同團共謀了，一樣都是壞人。

「好吧，尤森的事就包在我身上，就算妳不開口，也有人在幫了。」

看著實在很不牢靠的渾蛋，美莉雅想來想去，決定還是提出建議，以免這傢伙又捅婁子，「如果可以，你們可以找方法將他送到第三或第四星區，第一、二區雖然都是科技頂尖的星區，但是不一定會出手，那邊的聯盟軍總長大都很自私，尤森現在對他們來說可能沒太大價值。第三星區雖然是商業重區，不過只要有錢，就可以找到幫助的人，第四星區是信仰之區，不論如何一定會以神之名出手幫忙……要記得。」後面的星區就很難避得了追殺，而荒地的變動又太大，一定要有門路才有用，她就不特別考慮。

「放心吧，我們家琥珀很聰明的。」

「總之快給我滾出第七星區！」

□

與美莉雅一前一後離開屋子後，青鳥繼續尋找大白兔。

反覆思考女孩講過的話，也沒猜出太多所以然，所以很快地他就放棄深思，這種事情就是要交給聰明的人去想才對。

再度避開巡軍後，他到了大白兔所在的街道上。

琥珀的指示很清楚，連方位都標上了，青鳥一下子就找到被壓在牆下的兔子。

「大俠你還在嗎？」摸摸兔子的半張臉，他很不確定兔俠有沒有轉移出去，附近好像也沒看見什麼布偶之類的東西……

稍微試著移開牆壁，不過實在太大塊了，很難抬起。

之前因爲有波塞特的慘劇，青鳥也不敢去拉，就怕啪嚓之後只剩半粒的腦袋被拖出來……他決定不要做這種讓自己精神再受打擊的事情比較好。

再度叫喚了幾聲，兔子還是沒有反應，想了想，八成是眞的已經轉移出去了，於是青鳥決定就這樣先返回和琥珀會合吧，如果大白兔安全，一定也會試著向他們或黑梭取得聯繫。

就在青鳥打算全速離開城鎮之際，牆壁下的兔子突然動了下耳朵。

「大俠你是不是還在？」確定自己沒看錯，青鳥馬上蹲下身，拍拍布偶的腦袋，果然長長的耳朵又拍動了一下，但是沒有發出其他聲音。

用力搬了幾次，青鳥還是不太能移動整面牆，「唔……」早知道剛剛應該先抓住那個小強盜，起碼現在可以要她還人情幫忙。

看來看去還是沒有什麼辦法，他乾脆聯繫琥珀，把狀況告訴他。

「這還可以處理，學長你在附近找一個完好的機組，我可以遠端開機。」

昨天改寫了機組程式的琥珀還留著資料，青鳥就歡樂地在旁邊找了半倒的機組，把方位設定好回傳給他學弟。

「不過機組一開動，一定會引來聯盟軍，學長你一拿到兔子就馬上全速離開，千萬不要猶豫，我會同時震盪掉監視器讓聯盟軍找不到你，但是我也無法用監視追蹤，你自己小心點。」

「好。」靠到大白兔旁邊，青鳥緊緊抓著對方的耳朵，準備立刻撤離。

幾秒後，原本不動的機組突然發出聲響，重新亮起橙色的光芒。

巨大的機械緩慢起身，步步靠近倒塌的牆面，最後停在青鳥身側，一鼓作氣地抬起了牆壁。

抽出了灰髒的大白兔，青鳥抱好兔子，瞬間衝出很遠一段距離，幾乎就在他跑出不到幾秒，機組的方向傳來了巨大的破壞聲，顯然是聯盟軍隊伍立刻趕到了。

確認自己沒有被發現也沒有被跟蹤，青鳥繞了遠路，才折返回會合點。

回到動力車附近時，遠遠就看見琥珀站在車外等他了。

「大俠好像怪怪的。」連忙把布偶放在一旁草地上，青鳥搖搖兔子，除了昨晚戴著儀器做衝擊的兔掌有點焦黑痕跡，身上有一、兩個小破洞和大面積的髒污外，就沒有其他損傷了。

躺在草地上，大白兔動了動耳朵，過了好一會兒才轉動了頭部，似乎在看著他們，然後又沒有動靜了。

「先離開這邊吧。」也不懂兔子的狀況，琥珀決定先離開這裡，畢竟剛才柏特和強盜都來過，這裡已經算不上安全了。

「嗯，快走吧。」

一路上，青鳥把剛才遇到美莉雅的事情告訴琥珀。

「我覺得那個小強盜也不是眞的很壞。」幾次下來，青鳥慢慢覺得美莉雅應該就是那種「因爲生在那邊，所以才會長成那樣」的類型。

「即使不是壞，但是她的確是強盜的一員，學長不要再跟她有來往比較好。」將車子設定回到森林之王的據點，琥珀思考起兩個強盜和他們的對話，「她確實說了首領要坐上第七星區的大位？」

「嗯，對啊，她還覺得首領一上去我們就通通都會被殺掉。」

「不，她指的不是只有你和我，是連帶兔俠和曼賽羅恩，甚至是其他處刑者……朱火強盜團的團長想消滅能夠和他抵抗的存在，必須快點規劃讓第七區的處刑者避難，根據之前兔子的總部被滅和現在的狀況來看，他們不是檯面下合作，根本是已經取代了大半的聯盟軍，只差最後這幾步而已。」意識到現在情勢比他預想的還要嚴重許多，琥珀立刻明白爲何芙西會硬衝出外海，芙西肯定也發現這件事情了。「學長你先盯著車，我必須立刻和曼賽羅恩取得聯繫。」

如果是這樣，那正潛入聯盟軍的曼賽羅恩可能會很危險。

不敢在這時候吵對方，青鳥抱著大白兔鑽到前座去。

打開儀器，琥珀盯著拉出的文字和影像。如果情勢已經到了這種地步，想來強盜團應該也掌握了大半聯盟軍系統，這樣就可以解釋爲什麼強盜團會直接闖入他家。

沙里恩家族，已經被聯盟軍暗地監視了數百年之久。

不論如何，雖然各自爲政，但是七大星區的聯盟軍系統互相聯繫，強盜團肯定也有這個規劃，才會一個個替換掉聯盟軍和家族的人，爲了正式奪得聯盟軍的資料庫。

「學長，我……」

「怎麼了？」轉過頭，青鳥眨著大眼睛，看著他家學弟很難得地有點支吾。

「我不知道這樣正不正確。」搖搖頭，琥珀嘆了口氣。

看對方這樣，青鳥反而擔心，「怎麼了？難道我剛剛有什麼事情沒處理好嗎？」

「不，我再想想，沒什麼大不了的事，我先聯繫曼賽羅恩吧。」抬起手制止對方追問，琥珀轉開身體，專心手上的事。

不曉得琥珀剛剛到底怎麼了，青鳥更加擔心，但是琥珀如果不講，再怎樣問他也不可能會說，反而還會遭到他攻擊……想想其他方式安全套話比較好。

就這樣，他們各自懷抱著想法，逐漸往森林之王的據點前進。

□

「小波，你朋友處理好了。」

蹲在船桅上望風，波塞特在船員的叫喊下回過神，低頭咧了一笑，「知道了。」俐落地翻身踩上甲板，他很直接地朝護船隊隊長的艙房走去。

雖然芙西昨晚遇襲之後第一時間便衝出外海，不過船長下令原地待命，現在附近還有不少想襲擊芙西的船隻，不管是護船隊或是船員全都在最高警戒中，船上的能力者們也各自配合拉出了許多海上警戒線。

叩門後，在隊長允許下波塞特打開了房門，一踏進去就看見半坐在床鋪上的黑梭，以及隊長、副船長。

副船長正在一邊洗淨雙手，重新戴上手套。

「好多了吧？」衝著黑梭笑了下，波塞特分別向另外兩人行過禮，靠到床邊。

摸著已不疼痛的傷口，黑梭點點頭，「沒想到芙西上有這麼厲害的醫療技術。」

「當然，副船長可是兼任我們船上的醫生，還是第一把交椅，有時候在散島靠岸時，那求醫的人龍拉得都可以繞島了。」

「說笑了，科技醫術都有現成的儀器可以輔助，藥術我可不敢獻醜，畢竟這些藥術還是從第六星區的泰坦身上學來的一小部分，眞正厲害的可是泰坦，荒地有許多藥師也很希望泰坦可以加入。」順了順束起的及腰黑髮，看起來相當隨和的副船長勾起氣質十足的淡淡微笑，然後轉向了黑梭，「沙里恩家少爺的調藥雖然有效用，效果卻有限，主要是因爲你們這類型的能力者變化太大，需要很仔細視狀況不斷交換用藥。只需要在船上待一段時間，我就可以完全治癒你，當然也可以調整部分的舊傷後遺症……你似乎受過不少嚴重的傷勢，但是都沒有好好診治。」

有點尷尬地抓抓頭，黑梭向對方道了謝，「可以先把傷治好就太感謝了，舊傷什麼的就不用在意了。」他還滿擔心兔子和北海他們，想快點跟他們聯絡上。

「嗯？您是在跟醫者說，不用在意傷患嗎？」副船長的聲音突然變得很輕柔。

猛一抬頭，黑梭看見後面的波塞特猛地向他搖頭，隊長也用一種……憐憫的眼光看他？

後知後覺發現房內出現了殺氣，黑梭連忙推翻剛剛的話，「不，我的意思是全部麻煩你了。」

表情始終微笑的副船長拍拍他的頭，「乖孩子，那麼我就先去回報船長了。」

錯愕地看著那個外表好像比自己小一點的副船長走出去，黑梭摸摸頭，心情有點複雜地看向波塞特，「孩子？」

「不要問，你不會想知道副船長幾歲，不知道會比較幸福。」波塞特也拍拍對方的頭，「還有，在船上絕對不要得罪副船長，也不要在他面前搞得髒髒的，不然行船的日子會很痛苦。」

「啊？」

站在一旁的隊長咳了聲，打斷了波塞特還沒開口的其他家……船醜，「你不用擔心瑟列格與沙里恩家的兩位少爺，方才接到聯繫，他們會在晚間出發前來芙西，船長下令接到人後才會全速離開。」

「抱歉啦，我先跟隊長講了你的事，隊長答應會讓芙西在第七星區據點的人幫忙探查你們店中的其他人員，如果有危險也會保護，所以你先安心在這邊養傷吧。」

就在波塞特還想多說點什麼時，急促的敲門聲打斷了房內的對話。

「隊長，海下又來了。」

門外是年輕女性的聲音，隊長打開門後，是同樣穿著白色制服的隊員。

黑梭認出來，是昨晚的操風者。

和女性講了幾句話後，隊長很快地離開房間。

「又被襲擊了嗎？」芙西離港之後，雖然在船艙內接受治療，不過黑梭靠著氣味分辨出有許多大小攻擊，一直到天亮後才變得比較少。

「應該又是機組，上午開始就有零零星星的機組從海底出來，動力全都被開啓了，一直試圖攻擊芙西，我們已經有幾個水系能力者下潛，打算找出源頭在哪裡。」昨晚雖然硬是破壞了異變小島，但顯然還不夠徹底，也有可能海裡還有其他區塊。波塞特偏頭想了想，「眞不知道他們是發什麼神經，芙西也敢下手，第三星區不會輕易放過他們的。」

芙西是出自第三星區裡非常重要的商業集團，這是七大星區都知道的事。

看黑梭似乎想睡的樣子，波塞特也曉得應該是藥劑發揮了作用，就多講了幾句要他放心，然後輕手輕腳地退出了房間。

回到甲板上，波塞特看見歐斯克達迎面走來。

「這批的機組還眞不是普通的多，雖然是毀滅的上世紀遺留殘物，不過防水做得還眞好，竟然現在還可以繼續使用。」歐斯克達露出有點受不了的語氣，後面的海面上則是炸開了大大的水花。

因爲機組不安定，與其在海面上處置，不如將機組重新拖回海裡破壞，比較不容易引起莉絲爆炸。

「眞是搞不懂，爲什麼芙西會突然成爲目標呢？」波塞特抓抓頭。好吧，雖然他可能也是目標之一，但是早在他動用能力之前，芙西就已經被攻擊了，對方根本是衝著芙西來的，眞是讓人不解。

「這就不管了，膽敢襲擊芙西，就讓他們回不去，不論有什麼理由都一樣。」對理由完全沒興趣的歐斯克達冷哼了聲，「你小心一點，雖然他們不知道要找的是誰，但是也不排除會隨機對船上的人下手，千萬不要輕易動用能力。」

「放心吧，他們找到死也不會想到是我。」他的能力跟他本人、名字相差十萬八千里，波塞特邪惡地笑了幾聲：「到時候就等著看笑話。」芙西上面的能力者很多，隱藏能力者也不少，在各種訓練下，就算不使用能力，他們也比一般人或低階能力者更強，非能力者的護船隊員都可以扳倒能力者了，在這裡光看表面是無法分辨到底誰是或誰不是；以前也曾好幾次有人想藉故上來搜索罕見能力者，但是沒一個有好下場。

光是副船長那關就有好戲可看，眞是期待到不行。

「總之別亂來就是。」拍拍對方的肩膀，歐斯克達繼續回去崗位上了。

海面再度炸出巨大的水花。

看著海中逐漸減少的機組，波塞特把玩著手上的小布包，這是給海特爾和佩特的禮物，這次時間太趕了，根本沒有買到別的東西。

不過，他們應該也不會在意多寡吧。

佩特一直在酒館裡等他回去，然後做很多拿手好菜給他吃到飽。

海特爾雖然時常吵架，但是每次回去他都會鬆一口氣……從那天開始他們就在一起沒分開，所以踏上芙西時，海特爾其實很不諒解，總覺得他拋棄兄弟。

即使如此，只要回到那裡，波塞特還是覺得眞正回到家了。

不是說芙西不像家，而是那裡是最重要、第一個家，而芙西是外面第二個家。

握了握布包，波塞特重新塞回口袋。

海上還有許多包圍他們的船隻，看起來全部是私船或一般漁船，但是上面的人卻都訓練有素，準備隨時找機會襲擊，完全不是普通漁民或百姓的樣子。

「你們這群臭猴子快點沉船吧。」

□

他們是在接近傍晚時分回到森林之王據點。

抱著大白兔下了車，青鳥遠遠就看見藤站在外面等他們。

把大白兔的狀況告訴森林之王的成員後，對方支著下頷，思索了起來。

「兔俠是否碰到了第三類能力者？」看著還稍微有點動作的兔子，藤詢問道。

「這就不知道了。」青鳥有點緊張地看著大白兔，「這樣大俠要不要緊啊？」

「對於第三類能力的影響程度我也不是很清楚，不過我們登上芙西之後可以詢問看看芙西上有沒有可以處理的方式。」說著，藤拿出了兩件斗篷遞給他們，「既然兩位已經回來，那我們就立刻離開這邊吧。」

仔細一看，青鳥才發現其他成員也已經都在外面了，很顯然是在等他們回來。

「森林之王的據點怎麼辦？」看其他人並沒有準備行李，青鳥有點疑惑，因爲據點裡也有不少儀器，如果被別人發現就不好了。

「這點請不用擔心。」彎下身幫青鳥繫好斗篷，藤說道：「我們有方法可以處置。」接著他吹了記響哨，原本在上方盤旋的紫櫻急速地俯衝而下，穩穩落在所有人前面。

在一行人都搭上紫櫻後，修長的生物拉高了身體，不斷地向上增高，最後到了可以俯瞰整片大地的雲端之下。

被夕陽落日的橙紅色光芒染色的土地，到處都有不同顏色的煙霧竄起，不管是港區方向，或是其他居住區，一處處看起來都不算平靜，有的地方甚至還覆蓋著黑紫色的莉絲霧氣，連釋清都還來不及。

他們可以看見許多道路上都有長長的人類移動隊伍，或是車陣、或是人力車緩行，每個人都想逃離冒出煙的地方。

琥珀拉起帽子，抓緊了紫櫻，皺起眉看著受損範圍比他想的還要廣大的地面區域。

「請小心不要摔下去。」讓紫櫻飄浮在原地，藤站起身，伸出了雙手。

一開始不知道對方在做什麼，直到青鳥聽見了某種細微的聲響傳上來，這才注意到剛剛他們還待著的森林之王據點出現了變動，土地下陷了一些距離，接著是一層接著一層綠色的植物從四周翻開迅速急長，不斷地覆蓋上據點位置；許多藤蔓爬繞出來，盤根錯節穩固後開始長出各種不同顏色的花朵，最後圍繞出來的是那些會吃人的植物。

這樣一看，就算是知道這裡原本有據點的人，也只覺得自己看見了原始樹叢而已。

「我們在短時間內離開時就會這樣保護據點。」藤拍了拍紫櫻，回應了他的動作，飛行生物噴出了一股淡綠色的霧氣，緩緩下降之後，霧氣就整個包覆在據點的樹叢上沒有散去。

大致上做好必要的防護後，藤才收回手，像是知道他的意思，紫櫻盤旋了一圈，就開始往落日已經逐漸消失的海上飛去。

「紫櫻和天風眞的好方便，爲什麼會被消滅啊。」緊抱著兔子，青鳥抓住生物的背脊，問著旁邊的琥珀，「有這種飛獸的話，聯盟軍也不用怕莉絲爆炸啊。」

「……當初移殖的初代人類到達時，原本有約定不要再重複母星的過錯，但是開始拓荒建立後，他們發現這個世界其實不太適合人類生存，有太多不知名的大型生物和各種未曾見過的植物，空氣品質也與人類可長久生存的條件有差距，所以他們決定要將第四星區重新打造成適合人類居住的環境。且當時的人類並不多，他們認爲只要重造一座島嶼就足夠生存，也不算違背約定。」緊拉著被風吹得不斷掀動的斗篷，琥珀稍微放大聲音，「所以用各種方式殲滅了有威脅與不明白的原始生物，種植改良過的母星植物，稻米、蔬菜，將奇怪的動物替換成我們熟悉的動物，牛、羊、雞、豬等等諸如此類，把最初的島嶼變成和母星一模一樣的世界，這樣人類才能夠安心。」

「之後，隨著建造得越來越廣，人也繁殖得越多，家族們也有各種不同的分歧，開始有人前往新的島嶼，然後重複了一樣的事，直到星球上所有星區全都改造完成，接著就連海裡也開始更換為母星原有的水中生物，人們替換了空氣品質、各種元素等等。現在被禁止的基因和各種改造技術也是因應當時的生活需求而發展得非常蓬勃，當然科技也是，最後就成為七大星區，當然最初始之物也幾乎全部滅跡了，只剩下很小一部分毫無威脅的動植物。」

稍微向青鳥講解了下，這些事情其實初代人類並沒有很詳細地記錄下來，畢竟不是什麼可以廣為宣傳的事蹟，直到今天還有不少人對於當初消滅星球原始生物感到不滿，認為這是非常惡劣的侵略，甚至組織反抗、譴責第四星區與所謂的「神」和「初代人類」。

所以在後世紀，聯盟軍就不太教導一般人這些歷史，也僅說當初到來時消滅了些有害人類的危險生物而已。後世又經歷各種基因變造的人為生物、機組、異形等等的大肆降臨，當時為了生存也發動了各式各樣的戰爭來消耗這些人造物，所以很多人也搞不懂殲滅原始生物有什麼不行，對開發者來說有利的留下而有害的消滅是很正常的事。

而普通百姓只要可以在每個年代中安居樂業地活著，其實並沒有太多人會去探究那些過往的拓荒歷史，對於他們而言，那也就只是時間潮流的過往文字罷了。

大多數人還是很崇敬當初拯救並順利延續人類血脈的原始人類與家族們，這也就是有些星區古老家族仍得以完全統治的原因。

「如果希望看見原始生物，或許兩位會對蒼龍谷有興趣。」聽著兩個孩子的對話，藤在一邊坐了下來，「如果荒地之風是最有名的自由行者之地，那麼蒼龍谷就是僅次於荒地規模的行者自治區，擁有許多類似這樣的生物。」

「啊啊，我知道，可是聽說蒼龍谷很神祕，根本不對外公開。」

自由行者中最知名、規模最大的就是荒地之風，接著就是魯凱酒吧，是專門派送消息和交易的地方，在許多行者的自由之地上都可以看到魯凱酒吧，接著就是蒼龍谷。

先前琥珀說的五大家族之一的蘭恩，後來離開了星區成爲自由行者，傳說蒼龍谷就是蘭恩家族建立的，相當隱密也不對外開放；據說蒼龍谷中有許多奇異的野獸，形容上類似森林之王那邊的虻的生物就有不少。

與荒地之風不同，蒼龍谷的行者最大的特點就是會配合那些生物活動，且不和外地往來，自己在蒼龍谷中建立小型社會並自給自足，完全封閉，是相當罕見的行者類型，而且與其說是行者，不如說是獨立在世界之外的切割住民。

這些事早在熱血同好會時他就都聽說過了，但是青鳥還不曉得蒼龍谷擁有的是原始生物，他還以爲和很多地方一樣、都是人造生物，應該說大多數的人也都這樣認爲。

「總會有機會的。」

看著下方，藤收起了聊天的輕鬆態度，再次轉爲警戒，帶著鹹味的海風捲入了紫櫻飛行時颳起的風，黑夜降臨，他們看見了海上布滿點點燈火。

這些並不是漁火，排列有序，儼然成陣，自上往下看得非常清楚。

在那其中，有他們的目的地。

「我們到了。」

第九話▼▼▼鬼海

海面上傳來震動。

原本睡得很沉的黑梭在某種混合了怪異氣息的味道下轉醒，整個房間都浸在一片黑暗中，房外有各式各樣的氣味，除了原本船上的味道之外，多夾雜了一些很淡的血味、藥物味、機組被破壞所產生的味道。

「你醒了啊。」推開房門，波塞特走進來，邊點亮了一旁的燈邊甩著手，「正好，青鳥小弟他們好像到附近了，我們正在排除其他攻擊船隻……眞是有夠煩人的，一入夜之後就開始縮短距離，八成是想利用黑夜發動奇襲這種投機取巧的方式打敗芙西吧。」

睡過一覺後，黑梭發現傷勢似乎恢復得更好了，也沒有其他痛感，於是他也乾脆掀了被子直接下床，「我也來幫忙吧。」

「你會打海戰嗎？」歪著頭，波塞特抓抓臉，「芙西打海戰的方式不太一樣喔，很重視團隊合作，我想你在船上幫忙做輔助好了，不然一個不小心可能會被自己人幹掉。」

「好的。」當然也知道船上的人有自己的作戰模式，黑梭也就從善如流。

「那你等等去找歐斯克達，他會告訴你要做什麼。」從口袋裡抓出會發光的燈石拋給黑梭，正打算繼續去支援的波塞特又轉回來，「武器也直接找歐斯克達拿，不要向一般的配給人員拿，一般的武器對能力者來說太脆弱了。刀劍類的話你可以跟他說要拿我的備用武器，低能源武器要看他手上有哪些可以借你，長形兵器的話要借用船長或副船長的，但是我建議你借船長的生命比較有保障，擊發類的就請他幫你安排。」

「……好。」

看著急忙又跑開的波塞特，黑梭大抵明白對方是順便繞道來看看他的狀況，外面的情勢可能有點麻煩。

套上暫借的船員衣服，他踏上甲板後完全確定了自己的猜測。

黑夜中，除了海潮聲外，海上有數十艘的大小船隻，有的已經被破壞了，有的正重整旗鼓打算繼續逼近，而在芙西四周載浮載沉的是一大堆數都數不清的機組，紫紅色光芒在黑暗中異常詭譎。

靠著氣味追蹤，黑梭很快就找到那名叫作歐斯克達的護船隊隊員，對方看了他半晌，就要他去替補受傷船員的位置，然後交給他波塞特的一對備用長短刀刃。

走到替補的定位時，站在那邊的護船隊小組正好要擊沉已經距離很近、還連連朝他們放出攻擊的裝甲船隻。

芙西本身已經架起了完整的防禦，即使是機組的詭異攻擊光束也穿不透，燃燒空氣時炸出的毒氣也很快被水捲入海中。

站在他這邊的是白色的四人小隊，一名女性以及三個青年，有兩個看得出來應該是屬於水系的飛水與操風者，一左一右地展出能力排開了海面上的機組以及毒氣，開出一條乾淨的道路。

白衣的女性隊員交叉了雙手，慢慢地拉長身軀，一點一點閃耀著美麗光芒的鱗片開始從她身上點點閃出——黑梭第一次親眼看到白銀色的夜魅，和一般常見的黑色夜魅不一樣，這名女性的樣子變得更美麗，而且有種難以接近的凶狠侵略氣息。

張開了血紅色的眼睛，白銀的夜魅竟然有著像龍一樣的眼睛，張開的巨大翅膀也和其他夜魅大不同。

這應該是相當高階的特殊夜魅，覺得自己有點大開眼界的黑梭很驚艷地看著小隊。

「不用期待我有什麼變化了，我可是普通人類。」注意到他的視線，最後那名隊員笑笑地丟過來這句。

「是普通人類嗎？嗯？」白銀夜魅發出了嘲笑般的聲音，接著一個旋身翻轉，瞬間衝出芙西，海面上跟著颳出了陣陣漣漪，黑梭都還沒看清楚她的移動軌跡，夜魅已經出現在目標船頂上，高亢的音波重重擊在船上，加上隨之而來的風和水，那艘裝甲船竟然就這樣硬生生被分解散開來。

「很普通的帕恩，要上了。」操風者看了眼普通人隊員，勾起一樣的戲謔笑容，「一點鐘、十一點鐘方位各一艘，都進入我們負責的區域了。」

「你們這些能力者應該幫普通人分擔一下工作哪。」雖然這樣說，不過帕恩按著夥伴的肩膀借力往上一跳，瞬間消失在上方。

同時抓住他的夜魅急速飛掠過天空，然後把人朝下方的船隻扔過去，自己則繼續衝往下一艘船隻。

帕恩落定時，追著他而至的風撞開了衝來的敵人，風散去之際，他也正好揮出了拳頭，一拳打在甲板上，吃了重力的甲板竟然硬生生整片碎開，連鋼筋骨架也跟著凹陷。

「普通人類？」黑梭面無表情地轉向隔壁的操風者。

「帕恩手上有裝備崩力機械，被揍到的話骨頭大概會跟雪花一樣碎成一片片吧。」操風者用某種很輕鬆的語氣回答，然後一個反手，把要攻擊同伴的人給掀進海裡。

轉回頭，黑梭正好看見那個普通人類震了一下手，一絲淡光閃過，像是啓動了什麼系統之類的，接著再度往龍骨的方向一擊，整艘船差不多就被打歪了。

看來就算是這種圍攻陣勢，芙西還是應付得綽綽有餘。

並沒有看到船長或隊長這種高階級的人出手，黑梭就不那麼擔心芙西的安危了，反而是攻擊者們正在不斷削減，甚至連遠遠趕來要協助攻擊的船隻也被擊毀，整個開始大亂，海上到處都有狼狽的人努力地游動去抓漂浮物，有些能力者也趕緊求自保，落水後見己方被打得亂七八糟，也開始倉皇狼狽地撤走。

相較之下，那些海下機組可能還比較難處理。

「好像有東西飛過來了。」將指定的船隻擊毀後，夜魅回到船上，然後看著天空，嗅到熟悉的氣味，黑梭連忙跟著看上去，不過卻什麼也沒看到，「自己人。」

「懂了，沙里恩家的少爺。」叼起了脖子上的短哨，夜魅吹了三記響音，甲板上很快地清出一大片空間。

「有飛行物靠近。」

然後，從黑暗中降落的是飛行生物。

□

從紫櫻上跳下來時，青鳥一眼就看到朝他們跑過來的黑梭。

「看來你們也沒事。」總算鬆了口氣的黑梭看向小孩手上的布偶，「兔子……」

「大俠好像怪怪的，藤說應該是碰到第三類能力者。」連忙將大白兔塞給黑梭，青鳥講了一下他們那邊的狀況。

「……我知道是怎麼回事，你不用擔心，這可以解決。」接過大白兔，黑梭一轉頭正好看見波塞特往這邊跑來。

「都到了嗎，這邊的是森林之王的人對吧。」點算了其他乘客，波塞特拍拍青鳥和琥珀的腦袋，「就等你們了，終於可以擺脫這些煩人的機組，他們連污染油都開始要排出來了。」

「要逃了嗎？」夜魅降到一邊，朝眼睛發亮的青鳥微笑了下。

「啊啊，對啊，船長要把船開進鬼海裡，先讓全部人員好好休息再繼續航行。」波塞特才剛講完，甲板上就傳來幾聲尖哨，四周船員和護船隊很快就開始各自轉換位置與動作了。

「芙西可以在鬼海裡航行啊？」青鳥很不可思議地張大眼。

鬼海指的就是完全無風無波的海域，不知道是因爲星區研究所造成或者是原本這星球就有這種海域，總之海上有幾個區域都有鬼海，有些固定有些不固定，有些還被污染或是漂浮著異變島，除了黑渦海域，一般船隻最避之不及的就是鬼海，有時候能力者也不一定可以衝出那裡，加上鬼海的氣象狀況無法預測，危險度和充滿漩渦的黑渦海域差不多。

「可以啊，短程不是問題，有時候我們趕時間也會直接從鬼海穿過。」拍拍胸脯，波塞特搭著青鳥的頭頂，「要來看嗎要來看嗎？給你們看看芙西的逃逸技。」

「要看要看。」青鳥用力點頭。

「森林之王的人要留在甲板上嗎？」夜魅看向了其他乘客。

「我們不打擾芙西的工作。」藤微微行了個禮，在船員的帶領下，帶著紫櫻和其他成員一起走下甲板艙房。

「我要去休息了。」拉著自己的行李，琥珀和黑梭一起往之前住過的艙房離開。

在客人們都確定進入安全區域後，夜魅翻高身體，飛向了船尾。

「來吧。」拎著青鳥，波塞特穿過重新組合好的陣型，走到船頭方向。

到達船頭時，青鳥看見船長和隊長都在那邊了，之前要簽名時已經認識船長，是個非常高大黝黑的中年男性，剛正嚴肅的臉上充滿鬍碴，整體比黑梭大了一圈，又高又壯，從頭到尾都有結實又大塊的肌肉，第一次跑去要簽名時青鳥差點滴口水。

將長刀收回鞘內，穿著和船長黑衣相反色系的護船隊隊長將佩刀交給一邊的隊員，然後跳上船首。

已經準備好的操風者們和飛水們各自展開了能力。

強烈的風颳開海面上所有襲擊對象，將不斷擁上的機組壓回海中，接著海水劇烈翻騰，交織的巨大力量拉起了海洋的帷幕，逼開所有障礙物。

青鳥看著不斷拉起、飛過船上空的水柱，幾乎就像是在表演水舞似地，看起來非常漂亮。

那些水柱越拉越遠，在廣大的海面上舞動著，不斷地飛起然後墜落。仔細一看，有很多水柱呈現球狀包圍著被掀得很遠的攻擊船隻和機組，水流將試圖衝出的物體逼回包裹中心；接著開始擴散了水霧，更密集地製造出各種水球體。

覺得溫度似乎有點變高，青鳥歪頭想了下，沒看到霧氣的製造者。

「差不多了，上吧。」

隊長開口後，整個海面傳來更大的震動，然後是比那些水柱更粗的巨大水柱從海底衝了出來，一根兩根……像是欄杆般排列在海面上，延展出去直到看不見盡頭，完全隔絕了第七星區和芙西。

伸出手，隊長瞇起眼睛。

剛剛升高的溫度猛然降低。

轟轟的海流咆哮聲幾乎在那瞬間停滯，不只是含著霧氣的水球，巨大通天的水柱在眨眼同時整個凝固成冰，連著第七星區的港口海岸和被破壞的異變島全都冰固，散發著陣陣的寒氣。

「封鎖完成。」

呼了口氣，隊長從船首跳下來，「飛水有排除海洋生物嗎？」

「全部排除了，全數送出影響範圍，凝結的只有海水部分。」似乎是水系的某個小隊長開口回答。

雖然隊長已經收手，不過青鳥看見凝結的部分還在持續，那些跟塔一樣粗的幾百根大冰柱都冰固到中心去了，周圍的海水還跟著慢慢浮出更多薄冰。

超高階！

絕對是頂端能力者！

下意識抹抹口水，青鳥很崇拜地看著走過去的隊長。

「也不全然都是隊長啦，船上還有別的凝冰輔助，所以隊長也沒用全力。」壓著青鳥的腦袋，波塞特笑嘻嘻地說：「另外也有可以幫忙調節溫度、讓他們事半功倍的能力者。」

「說到這個，炎獄呢？哪位是炎獄！」

「是啊，哪位是炎獄呢？」波塞特歪著頭，微笑。

「你竟然不曉得嗎！太神祕了！搞不好船長就是炎獄喔！」看著擁有超符合心中自訂炎獄外表的船長，青鳥好想撲上去請對方露一手。

「搞不好是喔，船長也是很特殊的能力者，你有機會一定要好好拜一下船長，跟神一樣！」直接推波助瀾，波塞特完全無視船長投過來的目光。

「我一定會拜的！」搞不好多拜還可以跟船長長得一樣高！

「全員注意。」忽略掉波塞特騙小孩的舉動，隊長抬起手，讓早已準備好的能力者們再度拉出各自的力量，陣陣的風與水波動著，等待命令。

「跑。」

□

正在跑動的程式波動了下。

琥珀轉過頭，看著窗外飛過的海水……芙西現在正用一種相當異常的速度向前推進，這種速度已經超過船本身正常航行方式了，看來是能力者們推動著白船前進。

不過芙西上的通訊儀器原本就已經有所損壞，在這種速度下，要使用連線多少會受到影響，雖然他還是可以用各種補強照常使用啦……

「查到什麼了嗎？」把兔子放在床鋪上，黑梭坐到旁邊，看著跳動的螢幕。

「算是不利於處刑者的消息。」結束了一個程序，琥珀轉過身，把手上得到的情報告訴對方，「聯盟軍稍早公布，這是一起能力者的報復攻擊，激進的能力者反抗組織用特殊能力攻擊第七星區，復甦了前世代機組，現在有許多城鎮都受到攻擊，聯盟軍軍隊疲於奔命，不過已經開始控制狀況並逮捕與處置能力者。關於炎獄的出現消息則是完全被封鎖，聯盟軍將這件事列爲最高機密。聯盟軍似乎試圖把這次事情和瑞比特的出現扯上關聯，想讓大眾認爲是瑞比特鼓舞反抗組織所造成的重大傷害。」

「應該錯不了，以前也有幾次這種狀況，兔子殺不死就經常被塑造成鼓舞能力者的角色，發生案件也都會扯到我們頭上，現在你們兩個太顯眼了，正好有個大目標送他們，掩蓋這次強盜團的眞正事件。」沉吟了半晌，黑梭思考著各種可能性。

「聯盟軍會名正言順地大量屠殺能力者，我已經發了訊息給北海和曼賽羅恩等人，讓他們盡快通知能力者們躲藏起來。」強盜團其中一個目的應該就在這邊了，他們要把造成阻礙的能力者都清乾淨，這樣聯盟軍就算要回頭拜託能力者們救援，也已經沒人可以幫忙了，「另外，就是第七星區的一般頻道開始出現了請求處刑者們出面幫忙的聲浪，而且持續擴大中，不斷地訪問一般人，造成大量普通百姓開始希望處刑者可以到各地拯救他們。」

「眞是拙劣的手法。」嘖了聲，黑梭轉向床鋪，「聽見了嗎，兔子。」

大白兔拍了一下耳朵。

跟著看過去，琥珀皺起眉，「那是怎麼回事？」

「……我還以爲你什麼都知道。」黑梭笑了下，然後站起來幫兩人沖茶水，「兔子應該是接觸到第三類能力者，造成不穩，會有一小段時間呈現那樣，放著很快就會恢復了，以前和一些目標物交鋒時也發生過。」

「第三類能力者的未知範圍與影響太廣了，就算我將已知的都記下來，一定也會有疏漏。」接過茶水，琥珀摸著溫熱的杯子，「但是我不理解的是，既然兔子是體技能力者、也就是第一類能力者，爲什麼他會有第三類能力者的能力呢？」

「這個，以後有機會再告訴你吧。」看了眼大白兔，黑梭勾起有點無奈的笑，「那是個很長的故事，現在我們還是把精神放在第七星區上吧。」

聳聳肩，琥珀轉回手邊的儀器，挖掘的情報暫時還沒有更新的，只有現在第七星區的走向，「……其實在離開之前，我原本認爲有個最好的解決方式。」

「嗯？」看對方有點猶豫的樣子，黑梭坐正了起來。

「根據各種情報，我認爲強盜團要用取代的方式直接接手第七星區和軍方系統，用官方的資源作爲他們的最大基地。第七星區長期與強盜團勾結，讓他們有了非常大的空隙可鑽；他們有許多人已經在家族中奠定基礎，也替換掉一些人，尤森指揮官肯定也是因爲如此被冒牌者取代的。」美莉雅取代蓓莉不僅僅是侵入家族，最大一部分是要滲透尤森所有的生活和機密，更別說那個噬了，這也只是他們所見的部分，如果要發動機組那麼大的攻擊，強盜團滲透的程度已經不是聯盟軍可以想像得到的，「評估過所有的狀況，第一緊急的是軍方設施不能被強盜團接手，我覺得應該要立即破壞第七星區所有軍方系統，如果不能避免強盜入侵，就要讓他們無法得手。」

「但是你沒做。」看對方的樣子，黑梭不用想也知道結果。

「是的，我不清楚你們是否認同要一半普通居民一起陪葬，以此保護七大星區。」

計算過可能會產生的後果，琥珀認爲軍方系統一毀滅，雖然可以立即隔離第七星區，讓他們無法侵入另外六大星區的系統，但是相對地就必須拿第七星區的人民作爲犧牲。

軍方系統截斷後，強盜團會立即曝光，然後引發島內軍方、強盜和人民的戰爭，接著六大星區發動聯合圍剿，就可以平定這些事情，也不會危及其他星區。

但是必須流血。

島嶼要覆上一層深紅色的血液，才能夠洗淨。

而殲滅了強盜團後，第七星區依舊要重來，用更多的時間重新建設，然後還是會因爲人力不足被海盜或強盜襲擊。

可能未來有一天，又會變成現在這樣子。

「我不認同這種作法。」雖然對所有星區來說，這樣應該才是最好的，但是黑梭無法同意，「會成爲處刑者，就是因爲我們想保護的是這裡的人。」

「嗯……我想也是。」雖然自己認爲犧牲第七星區而保有六大星區是比較好的做法，但是思考到其他人，琥珀就不確定是不是那麼正確了。

「而且就像你常常說的，如果其他六個星區因爲這樣，就被強盜連接入侵造成危害，那就是軍方自己防護不嚴的錯吧。」黑梭煞有其事地學起琥珀平常的樣子，「如果連你都發現異常了，那六大星區沒發現，就是他們的錯了。」

看著對方，琥珀勾動唇角，「是的，的確如此。」

揉揉小孩的頭，黑梭順勢拍拍對方的肩膀，「不要自己想那麼多，這世界比你聰明的人一定也不在少數，總是可以解決的。」

「……嗯。」

□

芙西進入鬼海是在第二日清晨。

就如同字面上般，鬼海是無風無波、被稱爲只有非存在方式才能航行的海域。

有人說，鬼海是在人類未來到之前就存在了，就像母星也有類似的海域，大自然會將航行者耍得團團轉。

有人說，鬼海是人類弄出來的，人們在污染了星球後，切割了許多異變島嶼，將那些島嶼推出外海，因爲要讓異變島固定存在同一個地方，不再影響人類的土地，所以他們用了種種方式製造出不會流動的鬼海，將島嶼永遠困在海洋深處，有些鬼海呈現黑色或是漂浮著污染物就是這個原因。

更多人支持這兩種結論並存。

拿著杯子，波塞特盯著無風無波、像是鏡子般的黑色海面，邊喝著溫熱的酒，一轉頭就看見新乘客迎面朝他走來，後面還跟著那條很大的生物，「呦，早。」

向芙西的船員回了禮，藤望著微暗的天空。

「再過一下子就可以吃飯了，你這玩意要吃什麼比較好？」把杯子遞給對方，波塞特摸摸後面的紫櫻，覺得很有趣。

「水、陽光。」輕輕啜了口酒水，藤分辨著原料的味道。

「這還真是方便，不知道船上可不可以養一個。」

「還有分享生命。」

「……改天再說好了。」拉起腰間的水壺，波塞特倒了些淡水在手上湊近紫櫻，友善的生物馬上將巨大的頭顱靠上來，輕輕地吸收掉水。喝掉水之後，紫櫻張開了嘴，從裡面吐出淡紫色小花。

「看來是謝禮。」將花遞給波塞特，藤勾起淡淡的微笑。

「受寵若驚啊，船上還眞難得會拿到這樣的東西，搞不好我快走運了。」小心翼翼地收起花朵，波塞特接回自己的杯子，「船長說你們可以自由使用甲板空著的地方，反正這次衝出來也沒有什麼客人，就不用客氣了。」

點點頭，藤就離開繼續去做自己的事情了。

再度拿出花朵，波塞特看著美麗的顏色笑了笑，淡紫色的小花在那瞬間抽乾了水分，變成像押花般的乾燥，他就夾進腰間的皮帶層裡了。

「炎獄的眞面目眞是讓人不敢恭維。」

一轉頭，他就看見琥珀站在後面，身上還披著不知哪個護船隊好心借給他的外套。

「嘖嘖，這麼容易被揭穿啊？」波塞特嘿嘿地笑。

「聽你玩我學長的方式大約可以猜出來。」他的白痴學長回去艙房時轉述抱怨給他聽，還說波塞特竟然也不知道有如此偉大的人物，他就差不多猜到了，「船長和隊長他們的能力我都曉得，船上的人看來看去也就是你了，剛剛確認完畢。」

「青鳥小弟到底什麼時候才會猜到呢~」再度溫熱涼掉的酒，波塞特很期待那隻小的發現時會有什麼反應。

「爲什麼炎獄會跟著芙西到處移動？扣掉你說過不喜歡陸地的原因，炎獄待在相對的屬性中多少會感到不適，你大可去荒地或自由之地，在荒地中也有很多方法尋找黑島。」拉了拉外套，的確感到有點冷的琥珀搓了下手。

「我之前告訴過你們的就是實話了，我要向強盜團復仇，也一定要找到黑島，芙西是最好的選擇，而且芙西上多的是人願意幫忙，無論如何，那些理由都足夠讓我忍受在海上航行帶來的其他影響。」把杯子遞給對方，波塞特環起手，「……雖然不知道到底是不是眞的黑島，存在性也未證實，但是我們出身的地方絕對得找到才行。」

「……你記得出身地方的哪些事？」小小地喝了一口辛辣的溫酒，琥珀皺著眉把杯子還給對方。

「小孩子不要聽太多比較好，會作惡夢。」拍拍琥珀的腦袋，波塞特直接帶過。

「VT8或是VT9？」

聽見代號的瞬間，波塞特瞇起眼睛，原本的笑容也斂起，面無表情地看著眼前的小孩子，「你知道那是什麼意思嗎。」

「我在某些密件中看過，出自島上VT8……這樣的資料。」注意到青年散出隱隱殺意，琥珀知道自己說對了，「失落的兩頁，那麼我明白爲什麼你會在芙西上了，你的確有必要待在這裡。」

「……這種話題還是不要討論比較好，雖然我很想知道更多關於那些的事情，你不介意我們找個時間與更隱密的地點好好談談吧。」嚴正起神色，波塞特向對方慢慢地低頭，「拜託你了。」

「如果你是VT8的人，那麼我曉得的，都可以告訴你。」頓了頓，也曉得這裡不是說這些事情的好地方，琥珀點點頭，表示有機會再繼續，「黑島是存在的，你們不是來自異變島，也不是來自其他小島，你們的確來自於黑島。」

握了握拳頭，波塞特緩緩開口：「我知道了，謝謝你。」

「不用謝我……等你們都知道時，你們根本……」

「你說什麼？」沒聽清楚對方的低語，波塞特往前踏了一步。

「沒什麼，那我就先到處走走了。」

第十話▼▼▼練習

「黑梭，你要一起去護船隊練習嗎！」

早晨吃過飯之後，青鳥很愉快地跳回艙房，因爲黑梭和兔子的身分已經被確認了，所以在芙西上不用防其他人，可以大方出入，「我剛剛跟他們約好要在甲板練習，他們說可以帶人一起，還會教我們芙西的特殊攻擊方式喔！」

「不了，副船長說我只能靜養，你好好練吧。」喝著湯藥，黑梭有點可惜地婉拒邀約。如果不是因爲受傷，他也很想去試試身手，難得可以和護船隊交手，肯定可以學到不少。

「大俠好點了嗎？」看向床上的大白兔，青鳥巴巴地眨著眼睛，希望兔子可以快點恢復原狀。

躺在床上的大白兔拍了一下耳朵，表示無礙。

「看樣子應該過個一、兩天就可以恢復了，這次的症狀比較輕微，之前有次很嚴重，足足等了半個月才可以動彈。」放下空碗，看了眼大白兔，黑梭按著青鳥的肩膀走出艙房，「兔子不太容易因爲攻擊就受傷，不過第三類能力者的確可以讓他變成這樣，雖然不會造成嚴重傷害，但是像這樣不穩個一陣子多少還是會發生。」

「原來如此……」

「還是有人在照顧兔子，他不會那麼容易就消失的。」拍拍青鳥的腦袋，黑梭停下腳步，等待附近的船員味道走遠後，才回過頭，看著誤打誤撞、已經成爲瑞比特的小孩，「不過，倒是也想請你多幫忙他，兔子其實沒有你們想像的精明，需要有人幫他瞻前顧後。」

「咦？那是當然啊，消滅邪惡人人有責！」

「哈哈，眞是可靠，以後就拜託了。」

看著黑梭回房的背影，不知道爲什麼青鳥總覺得好像哪裡怪怪的，但是又說不出來，於是他聳聳肩，先跑上去赴約了。

留滯在鬼海休息後，船長讓船上的技術員先著手修理部分損害的儀器，然後清點船上現有的各種物品，輪班或受傷休息的人員也必須全心休養，預計在整頓過後立即就要航向荒地的小島維修。

早上和琥珀吃飯時，船長派了人來問琥珀可不可以幫忙技術員一起處理，琥珀倒是很爽快地答應了，所以青鳥也閒著沒事幹，就詢問船員們和護船隊，跟著要做訓練。

一到了約定地，他就看見歐斯克達已經在那邊暖身。

昨天黑梭曾告訴過他這位也是速度型能力者，青鳥就一直很期待交手看看。

「早。」站在歐斯克達旁邊的是帕恩，朝青鳥打了個招呼。

這兩人他都認識，上一趟航行波塞特拉著他在船上要簽名時就已經介紹過了，不過那時候青鳥還不知道其中一位是速度型能力者。

「歐斯克達說要教你一些速度型的應對方式，所以今天我幫你們一起做訓練。」帕恩扠著腰，笑笑地抬了抬下巴：「不過在船上出手危險了點，我們去外面打吧。」

「外面？」外面不就是海嗎？青鳥跟著看了出去，看見外面竟然有一艘不新不舊的廢棄船，整個底部嵌在一片浮冰上，固定在附近穩穩不動，大概是船上的人幫他們準備的吧。

「別說我欺負你們，你們先上船套好招，我十分鐘後到。」

「咦咦？」青鳥一臉錯愕。

「好，那我們上去了。」揪住還在發呆的青鳥，歐斯克達吹了記口哨接著往上一跳，抓住了俯衝過來的夜魅，瞬間就被帶上了廢棄船。

整個還在狀況外的青鳥落地之後才反應過來，「這到底——」

抽出準備好的短刀組拋給青鳥，歐斯克達打量了下周遭狀況，「速度型就是要輕、快、高，不管你習慣用哪種武器，只要做到這三點，加上不斷移動，十之八九可以打敗敵人。」

打開了刀組，青鳥發現這其實是佩掛在腰上的腰包，插著好幾柄長短不一的鋒利短刀，和美莉雅使用的兵器有點像，部分帶了微彎的弧度，是很好投擲的輕型短刃；部分則是筆直長尖，適合直擊脆弱部位，如關節、甚至是重要臟器等等。

「在船上，我們的地面不僅有所謂的『平地』，而是可以落腳的地方全都是我們的『地』，就連敵人的身體也是。既然夠快，相對地我們就有更多時間可以找到新的『地』，這就是我們特有的優勢。」按著自己的刀柄，歐斯克達很快就領著青鳥把廢棄船給走了一圈，「等等帕恩來的時候，你跟得上就出手，跟不上就看好我的動作或聽我的指令防禦。」

「……帕恩先生是哪種能力者？」

「他不是能力者，但是他是會讓你哭出來的普通人類。」

□

「快上去看好戲。」

琥珀從層層數據抬起頭時，聽見的是周圍一小圈的騷動，幾個技術人員蠢蠢欲動地很想離開手上的工作。

「琥珀你要上去嗎？」正和他一起檢視系統的技術員這樣說道：「這邊已經修得差不多了，只剩下損壞的硬體要更換而已，聽說青鳥他們在外面練習喔，帕恩出手還滿精彩的。」

「帕恩？」聽著有點陌生的名字，琥珀還以為他家學長說的練習是和波塞特或是隊長。

「嗯，跟波塞特同期進來的，是護船隊年輕一輩裡數一數二的強手，非能力者，但是可以一個人擺平很多能力者。」頓了下，技術員推著他，「總之去看看吧，就算對武技沒興趣，只看他身上的系統裝備，你一定也會覺得很有意思。」

既然對方都這樣說了，琥珀當然也就樂得退出系統，悠悠哉哉地晃上甲板去看戲。

一踏上甲板，就看到正好輪休息的波塞特跑過來，「就覺得你也會來看。」

「技術員說我會有興趣。」雖然不知道為什麼對方這麼肯定，琥珀聳聳肩。

「啊啊，的確，工程類型的人應該都會有興趣。」搭著琥珀的肩膀，波塞特往他手上塞了一小包零食，「帕恩是個裝備者。」

「……植入型？」自從大戰後好像沒有聽說過有植入型了，琥珀這下眞的有點好奇。植入型裝備者就是將人造儀器往自己皮膚底下裝，但是在充滿莉絲的年代，一開始人們還沒意識到有多危險，後來裝幾個就炸幾個，現在已經沒人敢這樣玩了。且願意幫忙裝置的工程師也不多，聯盟軍更是明文規定不可以在人類身上置入危險儀器，違反公共安全會就地處置之類的……

「不，又不是找死。」波塞特笑了下，「外在的裝備型，雖然這樣說，不過身體裡曾植入幾個感應點，當然只是引導裝備放置，沒有體內驅動能源問題。」

「系統裝甲嗎……」琥珀沉思了下。的確，戰後體內儀器開始減少，重拾以往被廢棄的初期體外裝甲，可以輔助一般普通人類，但是效果有限也很容易爆炸，不如採用能力者來得有效與安全。

「你看看就知道了，帕恩是目前唯一可以這樣用的裝備者。」拉著人，波塞特擠過也圍在船邊看的其他人們，佔據了一個視線最佳的好地方。

差不多準備好了，帕恩環顧了一眼已經滿出來的觀眾，「你們這些人，當心我收門票喔。」笑鬧地和船員、護船隊玩耍了下，他翻出船，瞬間讓夜魅帶上了廢棄船。

打開儀器，琥珀馬上就搜索到他家學長的位置，和另外一個護船隊就在船尾的位置等待對手到來。

跳上船首後，帕恩朝夜魅揮揮手，後者很快地回到芙西上。

確認了周圍沒有其他人後，帕恩甩了手臂。雖然距離有點遠，不過琥珀還是看見了有層透明帶著微光的東西瞬間爬上他的手，像是鱗片般的片型裝甲並沒有貼住人體，而是隔空地包覆著，接著就消失在空氣中。

「低能源模擬裝甲？」有點意外地看了旁邊的波塞特，琥珀立刻知道那個護船隊用的是什麼東西了，「這個不是廢棄研究嗎？因爲一般人無法使用，而且操作不當會整個散開。」

「嗯，對啊，芙西的幕後老闆曾參與研發，實驗成效太差了，被聯盟軍廢棄掉，但是意外地芙西上卻有人能夠使用，所以唯一的一套成品就在帕恩身上。」就知道對方看得出來，波塞特一邊嗑著零食，邊笑笑地說道：「我會請歐斯克達和帕恩陪青鳥小弟練習不是沒理由的，你就好好看著吧，對你們一定很有用的。」

「是嗎？」

「看著吧。」

□

震動從甲板上傳來。

青鳥聽見了有人落地的聲音，遠遠就看見那個護船隊身上拉出了微光，有東西在他周圍包覆起來，接著消失無形。

搞不懂那是什麼，但直覺就是很危險，因爲那玩意消失之後，帕恩身邊的氣流整個不一樣了，隱隱可以聽到很細微的風聲纏繞著。

「你要好好記住接下來的招式喔。」

抽出雙刀，歐斯克達跳上了有點傾倒的船桅，一彎身瞬間衝了出去。

雖然自己也是高速，但是青鳥看見對方的速度時還是嚇了一跳，比他預期的還要更快，而且說不定可以快過他了。

「歐斯克達沒告訴你要不斷移動嗎？」

「哇啊啊啊——」

被身後森冷的語氣嚇了一大跳，青鳥本能地衝跳出去，根本不知道帕恩哪時候繞到他們後面的，幾乎連一點聲響都沒有，自己也沒有察覺到任何不對勁。

青鳥才剛衝出去不到兩秒，後面就傳來巨大的聲響，倉促一回頭，就看見船尾被打穿了個大洞，然後打洞的帕恩竟然追上來了。

「那是崩力系統，模擬巨力類型的能力者，上來。」已經跳到上面的歐斯克達拽住青鳥的領子向上甩。

抓住上面懸掛的粗繩，青鳥借力一盪，穩穩落在繩索上，還沒喘口氣，就聽到細微的風聲，一旁單腳倒勾在繩子上的歐斯克達猛然借力旋身往下俯衝，揮出的刀刃重重撞上了正要往他們這邊過來的帕恩，攻擊落下後，他便整個人向後一彈，跳開距離。

跟著衝過去的青鳥向後看了下，遭正面攻擊的帕恩竟毫髮無傷，幾絲銀色的微光從他身前撤走，纏繞回身上再次消失無形。

不讓他們走得更遠，帕恩已開始了下一波攻勢。站在原地的護船隊員抬起手，微光在手掌邊閃動了幾下，接著出現了霧氣。

「不要跑直線！」

連忙換了路徑跑出曲折的路線，青鳥聽見幾道破風聲，赫然看到一大堆冰刃插在自己剛剛跑過的地方。他倒抽了口氣，往旁邊的船板一踢，整個人向上翻高，然後抓住了繩索，將自己拋得更高。

還沒固定好自己的落腳處，他就感到一股微風颳了上來，某種東西從他臉側劃過，拉出一道疼痛，微亮的光芒飛出優美的弧度後回到主人身上，接著他就看見帕恩已經翻到他身前了，「這邊陣亡一次。」

在帕恩的短刀揮過來同時，側邊急急竄出了另外一柄刀面，碰撞出了兵器聲響。

抓住青鳥的領子向後甩去，歐斯克達也跟著向後翻，「不要在同一個地方停留太久。」

「他真的不是能力者嗎！」那到底是什麼速度啊！一直對自己的速度很有信心的青鳥有點崩潰地尾隨歐斯克達四處逃竄。

「不是啊。」猛一煞住腳步，歐斯克達揮刀打落了身後甩來的無形攻擊物體，在微光閃爍回去同時，拽著青鳥急速閃向不同位置，「你不要光顧著逃，給我好好仔細看招式動作啊！」

「嗚嗚嗚……」只能抱頭逃竄的青鳥在歐斯克達應付帕恩時，努力觀察兩人的一舉一動。

歐斯克達的比較有學習空間，很多都很適合他，難的大致都是必須在當下瞬間做出

反應，不管是躲避或迎擊，對方似乎已經完全變成本能反應了，有時候眨眼瞬間就已反應完成，竟然與帕恩打得不相上下。

而帕恩的動作……

「咦？」剛剛因爲好像被惡鬼追，整個人嚇得要命，所以青鳥沒有多加思考，但是現在冷靜下來觀察，才發現帕恩的動作有點眼熟……不、應該不是說眼熟，他在攻擊時的動作非常俐落，而且一舉一動一拳一腳都相當流暢，甚至有某種美感，仔細一看竟還有點拳路招式，這和他認識的某人……應該說某兔很相似。

但是就算相似，那奇怪的攻擊力到底是怎麼回事啊！

「都說了，要不斷移動喔。」

「哇啊啊啊啊——」

□

「那個白痴。」

冷眼看著對面被打得哇哇叫的傢伙，很早以前就告訴過對方不要在打鬥時分心的琥珀冷笑了聲，弱點居然馬上被別人發現啊，幸好不是實戰，不然真的早死得連骨頭都不剩了，「那位護船隊員本身應該學過很多武術吧。」

雖然他們移動得很快，但琥珀還是多少看見了打鬥方式，不只本身就有相當厲害的武技，攻擊者的應變能力非常強，幾乎在瞬間就可以判斷與轉換身上的系統裝甲，而且身體立即就跟上了系統變換的動作，防禦時就有防禦架式，奔跑跳躍時歛去了多餘動作，讓步伐達到最輕盈，使用崩力系統就是全身穩固重招攻擊，使用凝冰系統就是仔細瞄準與確認……不管是用哪種模擬系統，他都可以完全發揮，不受阻礙。

「很可怕對吧，帕恩是唯一一個不會被這套裝甲系統甩開的人。」不知道從哪裡拿出兩串焗蝦，波塞特遞了一根給琥珀，「附帶一提，這個輔助裝甲能模擬的都是最低階的能力者力量……應該說比低階還要低一點，採用低能源環流只能做到基礎，不過帕恩可以交替配合運用，將那些力量乘上好幾倍地發揮出來。」

「不輸於能力者優勢的後天補足嗎……的確，我有興趣了。」咬著甜甜的蝦肉，琥珀興致勃勃地盯著那套裝甲看，如果帕恩與兔子是相近的類型，那麼相對地，說不定兔子也能夠運用類似這樣的系統裝甲。

偏過頭，波塞特看著咬蝦子的小孩一反平常的冷漠，還露出不遮掩的愉快，他就跟著一笑。

人嘛，本來就沒那麼難相處。

「如果在上面灌進強力毀滅系統一定很有看頭，反正兔子炸了也可以轉換。」

「……」他撤回前言，波塞特現在覺得琥珀的愉快好可怕。

「等等可以請帕恩讓我看看裝甲嗎？」很期待地看著旁邊的青年，琥珀決定要去複製一套上面的系統下來研究。

雖然對方的眼神看起來很期待、很可愛，很像正常小孩應該要有的表情，但是波塞特那瞬間感覺到的是內心發毛，還有很可怕，「你應該不會殺掉帕恩吧？」炸了護船隊什麼的，光想就毛骨悚然。

「我殺他幹嘛。」他跟護船隊無冤無仇，琥珀繼續看戲咬食物。

「咳……總之等他們回來吧。」看樣子應該也快打完了，波塞特聽見廢棄船爆出巨響，接著一半船身都垮掉了，分裂成許多悲慘的碎片，如果不是因爲有海面上的凝冰支撐著，現在八成已經整個沉了。

稍微環顧了下，甲板上已經聚集不少人在看熱鬧，休息的差不多都冒出來了，森林之王的人也站在一旁看著那端的特殊打鬥，連大型生物都在。

正要收回視線時，波塞特猛然發現不對勁，眼尾掃到一抹像是火燒般的艷紅，有個完全不是芙西相關的人竟然站在隱蔽的高處，居高臨下地俯瞰著他們。

馬上轉回頭，波塞特只捕捉到烈焰般的身影消失在空中，身形看起來不像成人，有點像男孩或女孩，和琥珀差不多大小，看來是個能力者……鬼海裡面有能力者嗎？

對方似乎沒有敵意，合理地猜想八成只是來觀察他們，看樣子也是在看廢棄船上的練習，但讓波塞特吃驚的是，對方居然沒有驚動到任何一個護船隊，完全沒人發現多出了這麼顯眼的東西，就讓他這樣來去自如，看來等等必須先稟報船長與隊長這件事了。

思考的同時，廢棄船上的練習組也告一段落了。

在船體完全瓦解之後，夜魅瞬閃幾趟，甩回了上面的三人，接著凝冰收回能力，被打爛的廢棄船發出最後的聲響，就這樣慢慢沉進無波的海水中了。

練習結束後，看戲的人也開始散開，很快各自回去做自己的訓練或是其他事。

看著他家被打得像豬頭的學長，琥珀還眞不想承認這笨蛋就是瑞比特，被揍得也太慘了點。

「忘記跟他說就算是練習，護船隊也不會放水。」收回視線，波塞特笑笑地說道。

不管是不是練習，只要動起手，一律都是實戰，這是船上的教條。

「沒打死都還好啦。」走過去拽起青鳥，琥珀稍微幫對方檢視了下，雖然說不放水，不過護船隊的人還是有節制了，都是皮肉傷，沒什麼大礙。

「應該沒事吧？」帕恩抓抓頭，有點抱歉地微笑，「青鳥的實戰基礎有待加強，速度比我想像得還要慢。」

「慢……」青鳥差點連血淚都噴出來了，他第一次被嫌太慢，還是個非能力者。

「幸好你們之前對上的大多都是單一打鬥，對手能力也算普通，但是遇到眞正的高手就糟了。」將刀插回鞘裡，歐斯克達接過船員們遞來的醫藥箱，讓琥珀先做處理，「例如第六星區沙維斯那種等級，一定會被瞬間殺掉。」

「你知道沙維斯？」本來還在心靈創傷，一聽見關鍵字，青鳥馬上瞪大眼睛，「聯盟軍那個帥哥？」

「帥……我是覺得還好，但是我們都認識他。」指指旁邊的帕恩，歐斯克達在其他人都點頭後，不懂爲什麼青鳥會一臉震驚，就繼續說道：「沙維斯曾是芙西的乘客。」

「原來如此。」青鳥差點忘記隊長記得所有乘客，而且沙維斯的樣子還滿特別的，船員和隊員認識他也屬正常。

「不過說起來，沙維斯以前比較親切，我剛上船時看他在船上多少還會說笑，沒想到不久進入聯盟軍便完全變了個人。」環著手，波塞特嘆了口氣。他因爲各種原因上船之後，沒多久就爆發了第六星區的港口事件，大家都是在那時候開始改變的。

「他那時還滿細心體貼，女船員都說他是好老公對象，眞沒料到那樣子的人會加入聯盟軍，變得那麼嚴厲。」搭著波塞特的話，帕恩也發出感慨。

「等……等等。」聽著他們的對話，青鳥不得不卡進去中斷，「你們眞的知道他是誰？」

波塞特歪著頭，露出好笑的表情。

「所以剛剛不是就說了，我們都認識他啊。」

□

第六星區

微風在草地上吹起。

相較於港區的吵鬧，大戰過後，重新復甦的原野與森林顯得格外安靜。

難得關門休息一天的佩特將手上的香料與花放在墓碑前，輕輕地拔除上面的雜草。

「小波沒事，聽說芙西在封鎖島嶼前已經衝出海域了，算算時間，應該會如期停靠第六星區吧。」點起香料，佩特在墓石上勾出祝禱的花紋，「航行了這麼久，你是否已經回到母星了？希望在起源之地，如你與我這種人也可以獲得安息。」

在唸完短篇的祭禱文後，佩特才聽見後面的聲響。

跟著一起來的海特爾適時地回到了這邊，手上還提著水，默默地和她一起清掃了墓地四周。

「那個人又來了。」整理完畢之後，海特爾指向有點距離的位置。

四年前，港口事件後，大量的人蒸發在世界中，他們比較幸運還擁有屍體可以選擇地方埋葬、可以悼念；其他人就只能在慰靈碑前沉默。

當時和他們一樣選擇這個遠離港口墓地的也大有人在，所以每到悼念時間，就可以看見陸續前來追憶的遺留者們。

站在白石墓碑前的，是灰白長髮的青年，脫下了代表聯盟軍的外衣，卸下了武器，尋常的打扮看起來就像一般百姓，但是那頭長髮和對方的身分讓海特爾印象深刻，當然也因爲波塞特告訴他了一些事情，所以每次來墓地總是下意識先往那個方向看。

青年一來就會在墓碑前站很久，有時候一站就是大半天，沒有休息也沒有坐下，就是面無表情地站著，太陽再烈也沒有離開。

他不知道那塊墓碑下埋了誰，但想必一定是很重要的人吧。

不管是什麼地位，在死亡面前，每個人都是平等的，無論多珍愛、無論罪大惡極，到最後他們都一樣躺在土裡，消失在世界上，什麼都沒有。

「做我們自己的事吧。」佩特並不想和聯盟軍扯上什麼關係，畢竟他們的身分算敏感，能少一事就少一事，她現在想做的就只有好好經營店，然後等著海特爾和波塞特兩兄弟成家那天，這樣閉眼後，渡過星河回到母星才不至於在船長面前丟臉。

「嗯。」海特爾點點頭，不過還是有點在意青年。對方看起來似乎沒有比他和波塞特大多少，總是自己一個人來這裡……幸好他還有佩特和波塞特。總是在墓地前，他覺得自己比起他人幸運很多。

當然還得扣掉那個渾蛋弟弟好多年前拋下他跑上芙西這部分。

海特爾不是很諒解波塞特非上船不可這件事，他可以理解港口事件之後他減少回到岸上的原因，畢竟這是所有人心中的痛，但波塞特在那之前就已經上船了。

就算他們對黑島意見分歧，但是也不用眞的去找。

那種地方……

只要忘記就好了，爲什麼還要再找出來？

安安靜靜地當一般人，平穩生活著不是很好嗎，只要他們都在一起就好了不是嗎？

「海特爾！」

當他沉浸在自己的思緒中時，蹲在墓碑前的佩特發出驚叫聲，還未反應過來，一股劇痛由後穿透他的肩膀，拉出了深紅的顏色。

不解地張開手，他只看見一整片的紅，意識不到那是什麼，接著佩特跳起身，將他緊緊按在地上。

嗅到腥甜氣味時，各式各樣的聲音從四周傳來，一開始是某種重物打破其他墓碑的巨響，接著有更多沉重的東西落到地上，離他們有點距離，但位置是在青年那個方向。

「不要動、不要動！」

佩特撕下了衣料，用力地壓在他的肩膀上。

側過頭，他看見闖入墓地的是好幾架從來沒見過的舊型機組，像有一層樓那麼高，陳舊的骨骼上攀附著奇怪的小型機械，團團包圍住中心的青年。

完全沒有改變神情，灰白髮的青年就這樣緩緩抬起頭，看著那些機組，然後越過了空隙，將視線投到外圍的一般百姓。

躺在墓石邊，雖然肩膀非常痛，但海特爾還是努力地通報了聯盟軍，希望能盡快得到救援，他擔心就算青年再厲害，也撐不到聯盟軍的到來。

「你們，趴好。」

青年清冷的聲音從機組那端傳來，還不曉得他想做什麼，佩特立即伏下身壓在他身上，幾秒後傳來的是某種能源交錯的聲響，再來就是爆裂崩毀與強烈的震動。熱風在草地上被掀起，帶來了淡淡莉絲毒氣味道。

佩特移開身體後，海特爾看見了那些機組已經全數被毀，全都被拆散變成焦黑的廢物，黑色的煙與莉絲的毒氣纏繞在一起。

小心翼翼擦去墓碑上的灰土後，青年朝他們走過來。

「救護部隊馬上會到。」

絲毫無損的青年扶起他，拉著佩特快速離開了莉絲擴大的墓地。

「不，我們不進聯盟軍的醫院。」

佩特踏出危險區域後，開始試圖將孩子拉回來，「我們自己有認識的藥師——」

他和波塞特是不能進聯盟軍醫院的，無論遇到什麼都不可以踏進去，很早以前，佩特就這樣告誡過他們。

因爲受傷感到很疲乏，所以海特爾已經逐漸聽不清楚佩特和青年的爭論。

「我們絕對不接受聯盟軍幫助！」

第十一話▼▼▼分道

「波塞特？」

回過神，波塞特接觸到關心的視線。

「你發呆有一陣子了，剛剛叫你好幾聲。」用力揮揮手的青鳥只差沒在他前面跳舞引起注意了，「琥珀還說要拿椅子砸你。」

猛地轉向旁邊，波塞特眞的看見琥珀把空椅子推回桌子下，還露出一臉很可惜的表情，他突然覺得冷汗直冒，「抱歉抱歉，我突然想到別的事情，不小心走神。」

訓練過後，因爲青鳥兩人想詢問沙維斯的事，波塞特乾脆就拎著兩隻小的進到船員餐廳，歐斯克達就和帕恩繼續進行護船隊的訓練了。

用餐時間過後，餐廳裡幾乎沒有其他人，只有正在準備下一餐的廚師們的吆喝聲。

青鳥跳去拿點心回來之後，就看見波塞特看著門口發呆，也不知道想到什麼，總之前後大概有一、兩分之久，坐在旁邊等到不耐煩的琥珀就說要拿椅子丟看看，幸好在椅子被舉起來之前，他就回魂了。

「母星的古代名菜，鳳梨蝦球！廚師特別做的。」將點心推到學弟面前，青鳥嘿嘿地說道：「廚師幫你放了很多新鮮的大蝦子，我剛剛吃了一口，好好吃！」

接過一大盤蝦，琥珀就不管另外兩個人了。

看了眼竟然這樣就被安撫下來的小孩，波塞特抓抓後頭，「雖然不知道你們和沙維斯有什麼關係，不過他以前的確是個好人，大約在四、五年前，我剛上船時就見過他幾次了，他是芙西的固定乘客之一。」

「關係……」應該是砍與被砍的關係。一想起那個聯盟軍青年，青鳥就覺得骨頭整個痛起來，那個人的殺氣和身手都不是假的，凶狠程度大概跟強盜團不相上下，「所以他常常來回第六星區嗎？」

「這倒不是。」壓低了聲音，其實不能隨便議論乘客的波塞特小聲告訴兩個小的，「沙維斯是出自第三星區。」

「啊咧？」青鳥疑惑地眨著眼睛。

「他每隔一段時間就會從第三星區上船，然後到各個星區遊覽，我聽說在之前就已經是這樣了，那個人似乎相當喜歡到處旅行，而且說起來，他也認識不少能力者，前輩們曾說過他有幾次都和能力者結伴同行。」也不太了解為什麼沙維斯在第六星區會那麼嚴厲，波塞特喝著青鳥端回來的麥茶，「不只荒地，他似乎也認識某部分的處刑者。」

「咦咦？我們說的應該是同一個人沒錯吧？」爲什麼青鳥總覺得波塞特說的是別人，那個聯盟軍明明一看到處刑者就砍，根本無法聯想會一起旅遊啊，「等等，說起來，力摩也說過他和伊卡提安有點關係……」

「帕恩認識喔，聽說伊卡提安比沙維斯還要少話，而且伊卡提安根本不太和別人往來，還喜歡自閉蹲在高的地方。」指指上方，並沒有和那名處刑者有過接觸的波塞特也只是從其他人那裡聽到，「聽說我們瞭望台最高點的尖端以前是他的王位，只要他上船，就會看到黑黑的一團東西黏在那邊不動，帕恩有幾次跟他搭上話，還交過手。」

「結果如何！」對處刑者超有興趣的青鳥馬上進入追星狀態。

「帕恩說伊卡提安超強，程度和沙維斯不相上下……帕恩也和沙維斯交過手，但是他覺得似乎是伊卡提安比較強一些，不過那都是四、五年或更久以前的事了，現在不曉得誰比較厲害。不過我想第六星區的處刑者應該是伊卡提安和泰坦兩個爲頂端，泰坦也不是簡單的角色呢。」戳了鳳梨來咬，波塞特支著下頷說道。

「好想要他們的簽名喔……」青鳥開始滴口水，上次錯過泰坦的簽名機會，說起來月神的也還沒拿到，當時露娜和小茆給帶他的震撼太強了，讓他完全忘記這件事情……還有大白兔也沒簽。

人生……只要遇到衝擊就會忘記很多事呢……

「就你們了解，沙維斯是會加入聯盟軍的人嗎？」坐在一旁的琥珀突然開口。

「不，帕恩他們說到時，都說他們覺得沙維斯比較像那種會就這樣安分守己過一生的人。他雖然有能力，但是對成爲聯盟軍或是自由行者都不感興趣；你知道的，就是有這種人，他只要一個家、伴侶和朋友，過著平穩的生活，其他權力什麼的都不需要。」波塞特本身倒也很了解這種人，他哥就是這個樣子，「所以四年前沙維斯出現在第六星區聯盟軍時，帕恩他們都很驚訝。」

「那背後的轉變就眞的讓人好奇了。」四年前由聯盟軍帶出的人是吧……琥珀思考著手上主機裡的資料庫，打算回去之後再好好「到處」逛逛。

「琥珀弟弟雖然在咬蝦子，但我覺得他的表情好像在策劃著什麼可怕的陰謀啊。」波塞特看著對方，還是覺得後頸發毛。

「相信我，不要探究比較好。」青鳥很早以前就已經用皮肉痛學會這點，問多了會被罵，問再多還會被揍。他家弟弟自從出門後，暴力自制和心情都急轉直下，而且還是無差別攻擊，柏特那時候如果不是因爲他拉著人，那個未來一片光明的好青年學長可能會被一拳揍出熊貓圈。

其實很想跟對方說你不覺得這樣很像在養野生動物嗎，但基於那個「野生動物」就坐在對面，波塞特還是把話吞回去，「不過琥珀的食量比我想像的大很多，我還以爲你的食量很普通。」剛上船時他稍微留意了飯菜配量，琥珀吃的飯菜量看起來都很少，沒想到其實他很能吃，剛剛甲板上那串蝦子起碼有五、六隻，現在這一整盤大概有二、三十隻上下，還是大尺寸的蝦子，他竟然都吃下去了，「該不會之前你都餓肚子吧？」

「不不，只有蝦子吃比較多。」一邊的青鳥連忙揮手，「以前在學校附近餐廳吃飯時，若不趕時間，他可以吃掉好幾盤，放蝦子的好像是另外一個胃。」

「某方面來說，這也是種特殊能力了吧。」看著只剩下擺飾的盤子，波塞特不知道該不該阻止，蝦子吃太多似乎也不是好事啊。

「吃完了啊，還要嗎？」也留意到盤子空了，青鳥笑嘻嘻地問著一邊的琥珀，「廚師說吃不夠可以再煮。」

「要。」

波塞特看著還眞的把盤子遞出去的小孩，「喂喂……」

克制一點啊。

「看來這次回去要查不少東西了。」

聞著空氣中傳來的香甜味道，坐在旁邊看資料的黑梭轉向房間另外一角的琥珀，

「你這樣說是表示第六星區聯盟軍要倒楣了對吧……」他實在是覺得六區的聯盟軍很可憐，這麼多年來竟然都沒抓到有個小孩在進進出出，維安官總有一天會吐血吐到死。

「如果沒事，我也懶得去找他們晦氣。」咬著手上的零食，琥珀支著下頷繼續看手邊有的聯盟軍資料。

瞄了眼男孩旁邊的大盤子，黑梭咳了聲，決定開口發問十分鐘前就很想知道的事，

「我可以問你那盤東西到底是怎麼回事嗎……？」

十分鐘前，琥珀端著盤子進門時他就有點驚嚇到了，那是很大一盤、堆疊得有如山高的奶油蝦，目測大概有他半條手臂那麼高吧，也不知道是怎麼疊起來的，前後插了幾根銀叉做固定的樣子，而且蝦子的體型看起來都超大的。

他原以爲是要拿進來給他的，但琥珀問了他確定要吃後，就走出去，又拿了另一盤比較小、還有搭飯菜蔬果的餐給他，他才驚覺那一大盤都是男孩要放進自己肚子裡的。

「廚師給的。」嚼著蝦肉，琥珀打從心底覺得船上的廚師人不錯，看他把盤子都吃乾淨後，就大展身手做了去殼奶油蝦，還放上很多焗料，他已經很久沒有吃得這麼滿意了，原來船員廚房的食物才是最好的，難怪他家學長都要往船員廚房鑽。

「……你這樣吃不撐嗎？」看著那一盤金黃金黃的，黑梭打從心底覺得撐爆了，可怕的是眼前的小孩竟然已經面不改色地吃掉半盤。

「不會啊。」繼續咬著蝦肉，琥珀眨著眼，不解爲什麼黑梭會和波塞特露出差不多的表情，「有那麼奇怪嗎？有的人不是也一餐要吃掉好幾公斤的東西。」

盯著琥珀幾秒，黑梭轉開視線，「也、也是啦……青鳥呢？」

「學長繼續和其他人練習了。」處理過傷勢也問完之後，青鳥又跳著跑去找護船隊練習，估計回來時會腫成兩倍大吧。琥珀聳聳肩，繼續戳起下一隻蝦子。

「你在看什麼？」看他用很快的速度瀏覽密密麻麻的資料，黑梭好奇地靠了過去。

「五年前到現在，第六星區的聯盟軍資料庫，我以前進去時陸陸續續備份了一些，剛剛聽了點沙維斯的事，想要查看看有沒有可用的部分。」如果沙維斯的差異就像芙西船員們講得那麼大，謎底應該就在聯盟軍裡了，就算藏得深，也不可能做到天衣無縫。他可以先從手邊的資料找起，然後回到第六星區再細查，一定可以找到些什麼線索。不用直覺，光聽波塞特說的，琥珀就覺得裡面有鬼，他閒暇無聊時最喜歡找這些東西了。

「聯盟軍資料庫啊……」黑梭沒膽再問下去了，他很怕繼續說下去，會聽見兔俠資料庫也被備份這樣的可怕回答。

「對了，尤森指揮官已經順利進入荒地接受保護。」雖然芙西的通訊受損，不過琥珀藉由各種轉點，也取得了些許聯絡，「荒地似乎也有自己的航行方式，在芙西離開之後沒多久，荒地的人也將尤森運出第七星區。」

「啊啊，太好了，尤森指揮官是一個好軍人，如果因爲這樣喪命，就太冤枉了。」

「你對安卡家了解多少？」看黑梭鬆了口氣，琥珀停下手邊的工作，問道。

「就跟你們差不多吧，尤森是個好人，貨眞價實的那種好人，雖然我和兔子主要的討伐對象是強盜，但是從強盜那邊也可以得知他們很擔心尤森插手，算是近年來難得的人物。」如果第七星區可以多一些這樣的人就好了，黑梭聳聳肩，嘆息，「本來想說如果他可以爬到重要的大位上，應該可以改善不少事情，但是這麼久了，他才走到指揮官……也是不容易了，不同流合污的話，可以做到這種地步已經很厲害。」

「嗯……」咬住蝦子，琥珀盤算起關於埃卡家的各種事情。

就在兩人陷入沉默之際，一邊突然咚地聲，轉過頭，他們就看見大白兔整隻栽下來撞在地板上，然後顛顛倒倒地爬起來，一頭往旁邊的櫃子撞上去。

「唉唉，又還沒恢復，乖乖地待著吧。」拎起兔子，黑梭把同伴往床鋪上一拋，「別給他們添麻煩啊。」

「里歐，你全部的名字叫什麼？」看著試圖再度跳下床的兔子、和把兔子又放回床上的第七區處刑者，琥珀開口詢問。

「……你們可以不要那麼喜歡突然叫我的本名嗎。」每次都被嚇到的黑梭戰戰兢兢地轉回過頭，看著不知道又想幹什麼的小孩。

「我比較喜歡人類眞實的名字。」

「你的叫法感覺也很沒禮貌……」居然劈頭就直接叫他的名字，黑梭按著兔子，一屁股坐在床邊。

瞇起眼睛，琥珀盯著黑梭半晌，歪著頭想了想，「里歐哥？」

「你還是叫我里歐吧。」那瞬間突然覺得背脊發涼，黑梭一秒隨便他去了。

「囉囉嗦嗦。」叫名字也沒禮貌，用敬稱又不要，琥珀冷冷地嘖了聲。

「爲什麼突然要問我的全名？」假裝沒聽到那聲嘖，黑梭把話題放回剛才那上頭。

「確認……如果我要正式介入聯盟軍和處刑者，必要的確認動作。」

不知為何，黑梭在那瞬間突然感到一絲冷意，與平常笑鬧和各種情緒不同，就是一種非常冰冷的感覺，坐在那邊的琥珀毫無感情地看著他，就像一具沒有溫度的機械。

「那麼，告訴我吧，第七星區的處刑者。」

□

「青鳥，你過來一下。」

在青鳥差點真的被扁成兩倍大之前，波塞特先打斷了他們的練習，「通訊室有一封你的訊息。」

揉著臉，青鳥有點不解地跟上去，「訊息？」

波塞特點點頭，「沒錯，可能是平常的通訊聯繫不上芙西，所以用其他方式把信送過來，送信者還在通訊室，是海上的專業跑腿人……你可能要準備點打賞的小費給他，只要在海上，都會有機會再用到的。」

「喔喔了解。」

看著臉上一堆大大小小瘀青傷痕的青鳥，波塞特咳了聲，思考著等等送信者會不會以爲他們船上在虐待小孩之類的，「你要不要先去洗把臉擦個藥？送信人應該可以等一會兒。」

「嘎？沒關係啊，擦一擦就好了。」脫下外衣，青鳥直接把衣服拿來擦臉，然後痛了個齜牙咧嘴，「唉……眞是好打擊啊……」

「什麼？」波塞特愣了下，不知道收個訊息有什麼好打擊的。

「就、剛剛和護船隊實招練習，發現自己弱到一個不行，之前我還以爲速度夠快是優勢，結果不只是帕恩和歐斯克達，船上比我快的人好多，而且就算不快，也有各種防禦高速能力者的方法。」所以他才被扁得亂七八糟，在護船隊面前根本沒有任何優勢。青鳥嘆了口氣，不得不承認先前的話，「之前運氣眞的太好了。」

看了眼青鳥，波塞特抓抓後腦，「現在開始補強也不遲啊，護船隊既然會和你練習，表示他們會認眞針對你的缺點打，你一定要努力改善那些地方。上次你上船時，只是興趣性地學招，但是現在你既然要成爲處刑者，那麼其他人也會回應這點，程度已經不是鬧著玩的了。」他以前剛上船時也是這樣被揍過來的啊……現在看到旁邊的小豬頭還眞有點懷念。

「嗯，我知道，所以我要快點加強，一定要保護好琥珀才行。」

「如果這麼有覺悟的話，我也可以陪你練習喔，雖然沒有其他人那麼強。」但是在最短時間內打倒像青鳥這樣等級的對手還是綽綽有餘的。當然，波塞特沒有把後面這句話講出來增加對方的打擊。

「好啊，感謝！」

很快地，他們便到達通訊室。

青鳥還是第一次踏進這邊，之前來要簽名時都是在外面等，讓其他人騰空交換出來幫他簽的。

那是個不算小的房間，後半段有各式各樣的儀器和操作員，用透明的隔間材質區隔開，前半段則是布置成像客廳的一般用區。

一進去，青鳥就看見有個穿著灰綠色油亮面斗篷的人背對著他，和芙西的船員不知道在講些什麼，一發現他們進來，就停止對話了。

轉過身後，青鳥才發現那個油亮面的東西根本不是斗篷，而是那個信差的……皮？

用力揉揉眼睛，那好像眞的是皮，像玉米葉一樣把信差給包裹起來，只露出張灰綠色的臉，下面則是整個拖地散開，還有好幾條看起來像是觸鬚般的東西，濕漉漉還帶著點海水的樣子。

「瑟列格家族的緊急訊息。」油亮信差微微點了下頭，突然從那層皮裡伸出手，將一小塊圓石遞給青鳥，「寄信人希望你能馬上回覆，讓我帶回去。」

「咦？啊……謝謝……」照著波塞特說的，青鳥在錯愕之後連忙付給信差賞金，後者道了謝後退到一旁等待。

看著貯存石上的確有瑟列格家的印記，青鳥苦著一張臉，隱約可以猜到裡面是什麼訊息。

「你可以先回房看完。」信差再度這樣補充，「我已經申請在芙西上待至傍晚。」

「抱歉抱歉，那就先謝謝你了。」的確不想在一堆人面前打開家族的信，青鳥連忙感激地鞠躬。

「你決定之後再來找我們吧。」波塞特朝他揮揮手。

退出通訊室後，青鳥左右張望了下，想找一個完全沒有人的地方，因為他也不想帶回房間裡看。

「如果不想回房間裡，你可以上瞭望台。」猛一打開門，波塞特朝還站在門前的青鳥補上這句：「就伊卡提安喜歡待的那個位置，你跟上面的人講一下，他就會讓你獨處了，那地方怎樣都不會被竊聽的。」

「喔啊！謝啦！」

翻上瞭望台後，青鳥照著波塞特說的告訴上面的船員，原本在守備的船員真的就離開讓他獨處了。

一屁股坐在站板上，確定眞的沒有其他人後，他才打開了貯存石。

那是很懷念的聲音，從那天之後就沒有再聽過的聲音，即使四年前瑞蒂媽媽發生了那種事，也沒收到隻字片語，現在卻送過來了。

停下可笑的處刑者遊戲。

現在立即返回第四星區，所有的一切都已經安排好，待騷動平息之後，你繼續原本的生活。

尤森的問題，瑟列格的軍隊會處理。

不要再和那些危險的人、事有所牽扯。

訊息就只有這麼短。

有點發怔地看著圓石，青鳥一時內心非常複雜，也不知道哪種感覺比較強烈，就是種說不出口的情緒，唯一肯定的就是絕對不是高興。

這樣子，怎樣都笑不出來啊。

「不要管我就好了啊……」如果不要管他，就放著，哪天他消失在世界上後，一切的問題就都解決了，何必要讓他這麼安穩地生活。

不過這樣聽起來，「那個人」已經都知道他在幹什麼了，看來瑟列格家沒節省在第七星區的耳目，雖然早就想過可能會被傳回去，但沒想到會這麼快，或許從他上船那刻開始，瑟列格家的眼線就已經在等著他了。

他還是搞不懂。

應該要放棄他的，這樣大家才會過得快樂。

「學長你在上面幹什麼？」

「嗚啊啊啊啊啊！」

被嚇了一大跳，青鳥整個吼叫出來，接著發現不對，瞬間撲上去拉住也被嚇一跳，竟然就鬆開手、從外梯上摔下去的琥珀，「危險危險！快抓緊我！」

眞的被嚇到連發出聲音都來不及，琥珀緊緊抓住亂吼亂叫的人，騰空的腳也連忙踩回外梯上。他還眞不知道從這種高度摔下去會變醬還是被護船隊接著……說不定後者的可能性比較高？

把琥珀拉進瞭望台後，青鳥才驚覺自己爆了一身冷汗，「嚇死我了，你幹嘛突然冒出來啊！」

「……森林之王的人要離開了，我上來跟你說一聲。」稍微冷靜了下，琥珀才開口說道：「他們要返回第七星區。」

「咦？爲什麼？」

「藤本來就打算將我們送到後就調頭了，他不是沒有準備什麼行李嗎，不過現在其他人也堅持一起回去。」看了眼貯存石，琥珀聳聳肩，「他們不想放棄第七星區的據點，要繼續蒐集情報。」

「我現在下去。」撿起圓石，青鳥馬上順著樓梯爬下去。

回到甲板上，果然看見森林之王的人已經準備好了，紫櫻也停在一旁隨時待命。

看到青鳥和琥珀一前一後到來，藤朝他們行了個禮，「既然兩位已經確認安全，芙西也會帶領你們回去，我們就在這邊分別了。」

「可是泰坦跟蕾娜那邊……」青鳥看著幾個人，有點擔心他們現在回到第七星區會被捲入動盪。

「泰坦一定會理解。」勾起淡淡的微笑，藤深深地看了青鳥和琥珀一眼，「做這個決定，不是爲了別人，而是爲了我們自己。」

「咦？」

「請讓我一起搭個順風車吧，我還在煩惱要怎麼回去呢。」

回過頭，青鳥赫然看見黑梭也從後面出現了，笑笑地朝森林之王的人員打了個招呼，「不介意的話。」

「請。」藤向對方微微一點頭。

「黑梭也要回去？可是現在不是很危險嗎？他們還要強迫你們出面耶！」抓住黑梭的手臂，青鳥搞不懂他爲什麼要選這時候回去。

「這個嘛……因爲我也算是兔俠之一，越是這種時候越該在那邊啊。」拍拍青鳥的腦袋，黑梭咧了笑，「而且北海跟香朵也都還在第七星區，我不能像上次一樣放著他們沒有聯繫，既然第七星區要逼處刑者出面，我們也一定要有所回應。」

「……？」青鳥還是無法理解。

「不是爲了別人，是爲了我們自己。」拉開青鳥的手，黑梭再度笑了笑，「兔子就交給你們了，他現在也幫不上任何忙。」

猛然驚覺原來黑梭早些時候跟他講話時給他的怪異感是這個原因，青鳥再度拽著對方的衣服，「你就這樣丟著兔俠啊？」

「我們兩個一向都是這樣，不是嗎？」

被黑梭這樣一講，青鳥的確想起那時大白兔遭處決時，對方也做過類似的事情，在第六星區時也一樣，他們分頭進行，並沒有綁在一起。

「琥珀你也不用擔心，副船長幫我準備了藥物，我想傷勢沒問題，你交代我的事情我也都記住了，到時候連線上見。」按著青鳥的腦袋，黑梭轉向旁邊的琥珀，「如果順利的話，就太感謝你了。」

「……沒什麼，趁天色還亮，快點走吧。」拉開他家學長，琥珀輕輕頷首致意。

「那麼，就暫時再見了。」

□

「我還是搞不懂啊。」

送走了藤和黑梭等人之後，青鳥看著逐漸轉黑的天空，感覺有點失落。

明明第七星區已經步入危險，明明傷勢都還沒好，這時候不是應該先撤到安全的地方，然後休養生息再回撲嗎……

「比起擔心別人的事，你自己先做好自己的再說吧。」往後退開一步，還有很多事情要處理的琥珀看了眼他家學長，說道：「如果想要支持其他人，就如同先前所講的，你有必要做個決斷，才不會影響其他人，或是扯後腿。」

「……」抱著腦袋，青鳥很苦惱地想了半晌，「我想要做，但是琥珀不是不想加入處刑者嗎？」

「不論是處刑者或聯盟軍，我絕對不會加入任何一方。」嘆了口氣，琥珀看著對方，「不過如果你要做，我就會幫你。」

就如同其他人所說，不是爲了別人，是爲了自己。

所以，他可以破例。

深深地看著琥珀，青鳥沉默了片刻。

「我明白了。」

拿出貯存石，青鳥置入手上的儀器中，開啓了回覆系統。
他要將決定回傳給「那個人」。
「今後，我，青鳥不會再以瑟列格自居。脫離家族庇護與神名之地，不再接受家族任何援助，將宣示與家族毫無關聯，所做之事，一己承擔。家族證明與所有核可會到聯盟軍法庭正式公開銷毀，今日開始成爲『無地之民』。以下爲相關手續資料……」
全部輸入完畢之後，青鳥抬起頭，看見了那個信差正好走出來。
「準備好了嗎？」隨後走出來的波塞特看了下天空，「啊啊，正好錯過了，本來想順便向黑梭打個招呼的說。」
「咦，黑梭有跟你說要回去嗎？」青鳥愣了下。
「沒有啊，只是隱約感覺會回去。」波塞特聳聳肩，「你這邊呢？」
「弄好了，請幫忙帶回去給發信者吧。」將圓石交給信差，青鳥再度付了筆費用。
「那麼，承蒙惠顧。」
收好物品後，信差將那層油皮包覆至臉上，接著轉身往海面一跳，瞬間就消失在深水之下。
看著信差消失的背影半天，青鳥才終於想起那是什麼東西。

「居然有鳥賊型……」他對能力者的認知真是太少了啊啊啊！

「真是罕見的東西。」琥珀嘖了聲。

「雖然怪了點，但卻是非常可靠的信差，而且速度也很快。」拍拍兩個小孩的頭，波塞特把對方的聯繫方式交給琥珀，「也是個很有趣的傢伙，那麼我差不多要去工作了，你們兩個先休息一會兒吧，等等就可以吃飯了。」

「琥珀還要繼續吃蝦子嗎？」說到吃飯，青鳥轉向他學弟，「廚師說還有很多很多，沒有就抓新的給你。」

「要。」

波塞特看著竟然還要吃蝦子的男孩，有點眼神死，「喂喂……」節制點啊。

在所有人都各自離去後，青鳥和琥珀也走在返回房間的通道上。

雖然已經傳回脫離家族的訊息，但後續肯定還會有其他麻煩的事情吧……青鳥看著手上備份下來的訊息，嘆了口氣。

都已經過去多少年了，那些人似乎還是繼續鬥爭著。

如果人可以每天都只吃食物和睡覺就能滿足開心，那就好了。

但是，現在的人不可能這樣就滿足啊，不管是在母星，或者是在這裡，一直都不可能，就像那些人每天每天向神明訴求的一樣，永遠沒有終止的那日。

「……」

「琥珀你剛剛有講話嗎？」中斷了思考，青鳥回過頭，剛剛好像聽到什麼小小的聲音，不過太專心了，沒注意到是在講些什麼。

「……無地之民沒有身分。」停下腳步，琥珀偏著頭，「沒有姓氏，是最低的階級，甚至連聯盟軍都不想費心的低層階級。」

「沒關係啊，你也知道，我一向不在乎這個。」拍拍他家學弟的手臂，一開始就說過沒差的青鳥嘿嘿地笑了聲：「所以可以名正言順當你哥哥了啊。」邊說著，他邊不著痕跡地把雙手放到後腦，準備在被揍腦頂之前先防禦。

「你可以用。」

「嘎？」沒想到沒被揍，青鳥愣愣地看著停在後面的琥珀，通道的陰影覆蓋在他的身上，完全看不出表情。

「沙里恩……你可以成爲沙里恩，使用這個姓氏，你就不是無地之民。」

話才說完，琥珀立即邁開腳步，越過整個愣掉的青鳥，快步跑離通道。

過了半晌，青鳥才反應過來。

「這不就和之前講的一樣嗎，那你上次鄙視我幹嘛啊啊啊——！」他根本是無辜捱白眼啊啊！當弟弟的人可以這樣嗎！

不過，青鳥還是勾起唇角。

所以，他絕對不會把琥珀交給任何人。

「等等……我剛剛是在瞭望台看貯存石的吧？」

爲什麼琥珀會知道家族帶什麼訊息給他啊！

剛才事情發生得太快，青鳥到現在才驚覺到這個問題，他弟叫他決定得太理所當然了，他一整個錯覺琥珀其實剛剛就在他旁邊跟著聽吧！

「給我等等，你到底是怎麼知道的啊！誰教你偷聽大人的祕密啊！」

青鳥直接拔腿衝去抓人了。

「煩死了，所以說，不想被知道的話，就不要站在任何儀器前！」

《兔俠　卷三．變動的星區》完

卷四．敬請期待！

番外▼存活

這個世界，是從「有」開始的。

人類在母星經歷了種種磨難，搭上了被賦予「希望」的方舟，然後橫渡宇宙星河，最後在光神的領航下，於破曉時到達了神所指引的領域。

如果是神的應允，那麼人類就還未到滅亡之刻。

所以，初代人類在新世界生存了下來，運用了神給予的希望，創造出如同神般的能力和領域，徹底改變了險惡的世界環境，重新塑造成類似母星的理想大地。

然後，他們生存，他們繼續生存。

□

地面傳來強烈的震動。

黑暗中，每個人都縮著小小的身體，閉緊了嘴巴，用力地與同伴緊靠在一起。不能打亮照明，也不能發出一絲聲音。

比較大的孩子拿著缺了很多小角的刀蹲在入口處。那些都不是很鋒利的武器，有的是鐮刀，有的是菜刀，有幾把是聯盟軍退換下來、損傷很嚴重的長刀或短刀。因爲給小孩子使用實在太過沉重，所以他們將兵器一分爲二，重新打造成比較小的武器，分配給守住出入口的年長孩子。

不管是男孩或女孩，到了一定的年齡就會互相學習，然後在這種時候來臨時保護其他更小的孩子。

這是一個非常偏僻的小村鎮。

一面是山，一面是海，小鎮被夾處在正中心，位於此星區最偏遠的地方，鎮民們擁有很好的手藝，能夠加工各種天然食品，海裡各式各樣的生產物也難不倒他們。每到了收穫季節，武裝隊伍就會將這些物品送過層層山巒進入附近比較大的城鎮交易，或者交給克服各種暗礁出現在沿岸的商船，換取其他物品或微薄的金錢。

他們的收成很多，但是得到的卻很少。

地面上有強盜必須繳交很多收成品，海面上也有海盜會定時來強取物品。

如果收成了十份，鎮民們最後能賣出的只有一份、甚至僅有半份。

他們當然不是第一個如此貧瘠的村鎮，也不是最後一個。運氣好一點的小村只會遭到地面上的掠奪，如果他們擁有一個好的駐點聯盟軍，起碼還可以吃飽喝足。運氣不好的小鎮，會遭到和強盜勾結的聯盟軍二度剝削，然後只能勉強餬口度日。

但是起碼表面是和平的。

在他們鎮裡，有時候強盜和海盜正面碰上了，一個不順眼還會當場互相攻擊，造成鎮上更大的損傷。人數不足的聯盟軍守衛完全無法遏止這種狀況，只能用最大的限度保護鎮民撤離或躲藏，財物什麼的都不要想去拿取，那些掠奪者一定會搜刮得乾乾淨淨，所以只要人活著就好了。

太過於貧窮，他們甚至連遷移都做不到。

總是有人想要離開這裡，但是拿不出更多金錢，也無法到大都市生活，甚至連翻越相隔的山路或是渡過海面暗礁都可能是個問題。鄰近的小村莊狀況也沒有好到哪裡，萬一最後到達的地方聯盟軍竟與強盜勾結，那下場肯定也不會好到哪裡去。

瓦倫維大戰之前，第七星區原本就已經是科技最落後的一區，爲首的幾大星區只顧著開發自己的技術與增強自身財力，把多餘的資源不斷投注在各種研究上，最後再把老舊的廢棄品賣到後面的星區使用。

雖然如此，但是大戰前的確還有飛行器可以倚靠，先不管拿不拿得出錢來使用，當時的確還是有天空通道的生路。

但是大戰後，不僅天空生路沒了，就連聯盟軍都無法相信。

他們努力、再努力，繼續努力地活下去。

被聯盟軍遺忘的貧窮小鎮，或許也一樣被光神和阿克雷捨棄了。

即使如此，鎮民們還是會在供奉神的木台上盡量湊出祭品，誠心誠意地感謝著領航神祇們讓人類渡過漫長的星河，延續血脈。

「噓。」

聽見了某種聲響，蹲在入口處的大孩子們豎起手指，全部警戒起來。

這種緊繃的氣氛持續了好久，在一道微光亮起後，所有人看見鎮長的面孔才全部鬆懈下來。

依舊是很平常的小規模衝突。

從地底藏匿處出來時，鎮裡瀰漫著一股血味。

他的嗅覺似乎比一般孩子還要敏銳，所以那個味道濃烈到讓他想吐，用力掩住口鼻仍無法隔絕。

大人們正在將海盜或強盜的屍體緩慢地拖到集中處，那些東西已經被他們的同伴完全捨棄了，在搜刮財物後，活著的人大笑著離開，把廢棄物丟給鎮民想辦法處理。

在這種年代沒有焚化的處置方式，雖然的確有類似的方法，但那要有相對應的封閉型儀器，通常這種東西只有大都市才有，村鎮根本無法獲得。這麼多的屍體只能選擇掩埋，後來他們混合了一種可以脫除大部分體液水氣、抑制細菌滋長的灰藍色粉末，在埋下去之前先潑撒在這些屍體上，讓屍體減輕縮小再搗碎處置掉。

而大人們執行這些動作時，孩子們被帶到鎮長的大屋子等待，幼小的孩子還是會聚在一起發抖，而較年長的開始幫忙準備些食物和藥物、衣物，等待著疲憊的大人一一返回這裡，所有人會在沉默中更換衣物，靜靜地吃飽，帶著孩子們回家好好睡一覺，日復一日，重新耕作被破壞的田地，撿拾還可以使用的物資，修補殘破的房舍。

即使如此，他們還是繼續努力地活下去。

□

當時名叫里歐的男孩發現自己是能力者，是在剛過完九歲生日沒多久。

鎮裡的大人們非常高興，駐守的聯盟軍連忙壓下這個消息，預防上報之後被其他聯盟軍帶走，或是被強盜海盜盯上。

「第一類能力者。」幫他測試的聯盟軍這樣告訴父母，「恭喜，是野獸系能力者，這類型對大家來說會很有用。」

父母很高興，鎮長也很高興，所有人都很高興。

他就跟在聯盟軍身邊學習，那是個叫作拜魯的蒼白消瘦中年男性，雖然外表看起來好像很沒幹勁，但是卻是駐守小隊的隊長。

拜魯用自己退換下來的長刀重新幫他打造了一柄比較適合他的輕巧短刀。

他在練習時，拜魯就坐在石頭上，一臉很沒勁地喝著鎮長爲他們帶來的果汁——這季的酒前幾天被強盜搶光了，新的還沒釀好，大人們勞動過後連杯酒都沒得喝，只能巴巴地看著酒桶，等待最新的粗糙酒水重製。

因爲野獸能力的關係，所以他長得比一般同年齡的孩子高大些，很快地就一起幫忙那些大孩子們顧守入口處，在撤離時照顧其他小孩。

雖然很貧瘠又很辛苦，但是每個人的關係都很緊密且相互幫忙。

所以，他在把刀子插入第一個強盜脖子時，並沒有什麼罪惡感，除了生理上的噁心之外，他感到的是一種充實的勝利，因爲他保護了其他人，眞正可以幫上鎭裡。

拜魯帶著他把那具屍體處置掉，一起埋在鎭外，就像其他大人做的事。

香料在空氣中揮發時，拜魯讓他唸了一次祝禱文，其實他很不明白爲什麼要幫這些強盜祝禱，他們根本不配回到母星得到安寧。

「你想過爲什麼我們不要把你上報登記嗎？」拜魯坐在旁邊，喝著果汁。

「可能會被聯盟軍帶走或封鎖……或是被強盜團抓走……」

他突然懂了。

「他們或許一開始也不是強盜或海盜，就像我們一樣。」摸摸他的腦袋，拜魯站起身，帶著他回鎭裡，「第七星區，土地太廣，人力太少，戰後其他星區都自顧不暇了根本難以奢望別人來救援。安卡家沒落，再也串聯不了其他家族，不管如何我們都只能靠自己。被強盜抓走後，沒死是種幸運，爲了活下來他們也會成爲強盜，做著和強盜一樣的事情。我們殺死他，祭拜他，那是爲了我們自己。」

因爲第七星區太過弱小，被迫和強盜團合作的普通人不在少數，聯盟軍無法有效保護所有人，他們只能努力地想盡辦法活下去。今天殺死的是陌生人，明天殺死的可能就是被迫入團的鄰居，所以在死後，無論是怎樣的身分，都替他們送上最後一程。

「現在的總長只想要處理掉能力者避免造成更大影響，那是不對的，聯盟軍應該要與好的能力者有所合作，不管是處刑者或是反抗組織，每個人都只想要在第七星區好好活著。」

那時候他還不是很理解拜魯的意思，只覺得對方說的沒有錯，現況一定是不對的。就是錯誤，所以大家才會活得那麼困苦。

殺光強盜團。

但是拜魯說那不能解決問題。

「總有一天，你要離開這個地方，」

拜魯如此說著：「因爲你是能力者，比起其他人，你更有先天條件可以離開，然後進入更好的機構，說不定可以取得更高的身分，到那時候，你保護的就不只一個鎮。」

太底層的人，聯盟軍聽不到，他們就像是隨時可以替換的零件，消失之後新的會再填補上來，現在無力的人們做不到也爬不高，所以要寄望新的孩子們。

一代一代，遲早他們可以回來保護這個小鎮，以及更多這樣的村莊。

「這是爲了我們，爲了你自己。」

拜魯那很沒幹勁的臉勾起微笑。

即使現在聽不懂也沒關係，只要記住就好。

記住，就可以了。

□

日子一天天過去，生活不斷重複著。

被強盜攻擊、被海盜攻擊，人們撿拾著剩下的物資，繼續存活。

直到那一天的到來。

就像平常一樣，那天並沒有什麼特別之處，天氣很好，鎮民們趕在季節前終於將田地清理乾淨，開始播下種子，準備迎接下一個產季。

里歐和拜魯正在老地方練習劍術時，全鎮的人都聽見了來自隨身儀器的警報聲，那是從中央聯盟軍發來的嚴重警告，正在田裡幫忙準備農活的其他駐點聯盟軍完全搞不清楚為什麼會傳來警報，他們完全沒有收到任何預報訊息。

很快地他們就知道了。

最開始，是海面上染了血，正從事漁業工作的鎮民們沉入海中，血液上浮，將沿岸染成暗紅的顏色，那些軀體一具具失去了頭顱。

一直以來，強盜與海盜們都將他們這種村鎮的鎮民當作奴隸，搶他們吃他們，興致一來玩樂地殺他們，就算抵抗了也會被當作遊戲般地獵殺；但總是會留下部分的人，讓他們恢復家園，重新工作，讓他們繼續生產各種資源，然後再次搶走那些。

強盜不會眞的殺光他們，而是看他們逃不走，笑哈哈地剝奪再剝奪。

但是那一天的強盜團不一樣，海上作業的鎮民沒有一個倖免，中央聯盟軍的警報還未停，數量多到驚人的龐大強盜聯合海盜集團便已衝過內海與暗礁，掛著巨大黑旗的船隻撞開了漂浮的漁船，帶來了纏繞莉絲毒氣的火焰。

駐點小隊是第二批犧牲者。

他們握著兵器，衝出了鎮外爭取時間，讓鎮民們集合所有孩子，然後在鎮外單方面被海盜團屠殺。

拜魯帶著里歐趕到時，小隊已經幾乎覆滅。但是的確擋住了強盜團短暫的時間，足夠讓海面的救援者緊急到達。

里歐第一次看到那麼多能力者，每個穿著都不同，有的甚至和星區人民差異很大。

「行者！」拜魯吼了聲，揮出長刀，帶著殘餘的小隊和鎮民自衛隊保護著鎮民，擋住趁隙跑進來的強盜團，讓其他人可以逃走。

行者、處刑者，從他們不知道的地方冒出來，但是更多的強盜和海盜也不斷出現，山的另外一邊也衝出了許多強盜，堵住了逃生的路。

到處都是濃厚的血味。

抱起了摔在地上的年幼孩子，里歐找到了平常照顧的一群小孩，和幾個年長的大孩子帶著從鎮的另外一邊撤出。敵人的味道太多，他幾乎找不出可以安全逃離的路線，每個路口都有著許多強盜在等著他們。

他完全不明白這是怎麼回事，也不明白朝他們示警的聯盟軍爲什麼沒有出動來救助他們。

保護他們的一個女孩在轉彎處被強盜砍了一刀，胸口的骨頭全部露出，然後倒在血紅色的土地上。

從後頭衝出來的拜魯揮出了刀，抹殺那幾個強盜。

他還來不及高興，就聞到屬於拜魯的血味，拜魯的背脊上有許多深可見骨的刀傷，每道傷痕都冒出大量血液。

然後拜魯站起身，混合著血吼出了巨大聲音，迴刀擋住了後面的追兵。

「快走！」

那是他最後一次見到拜魯。

里歐發出咆哮，轉變成巨大野獸，衝在前面撞開咬死了許多敵人，不管是咽喉或是腦袋，他只要看見了就是死命地將對方咬斷，連嘴裡充斥了什麼味道都感覺不出來。

行者們擋住了大部分強盜，來援的行者們不斷救走落單的鎮民。

他停下腳步時，後面跟著的孩子們眼淚都已經乾了，就算不具備能力者的嗅覺，大家都已經聞到了父母與大人們的死亡氣味。

追上他們的行者擁有操風的能力，在看見里歐時露出很驚訝的表情，然後安撫著幾個怕到顫抖的孩子，「我先帶走一些人，你一定要撐下去。」

他不懂對方的意思，但是看見了剩餘的兩、三個大孩子們也露出很擔憂的表情，於是他才發現自己身體下的一灘血液，他連身上被砍了幾刀都沒有感覺到，還有半截的斷刀嵌在他的肩骨上。

無法保護全部人的中階操風者帶走了一半年紀最小的孩子，承諾一定會回來救走他們，要他們努力活下去。

大口喘著氣，他發現他聽不見聲音了。

鎮裡淒厲的慘叫聲已經離得很遠，房舍、田地被破壞的聲音也已經消失，天空布滿了暗黑色的霧氣，遮蔽了陽光，世界黯淡得令人無力。

正要繼續帶著其他人逃離，他突然嗅到了極度危險的氣味，只來得及擋到最前面，一股巨力就直接撞上他野獸的軀體，當場將他震開撞到一旁的樹幹上。

他張開嘴，許多血液從喉嚨中湧出來。

「有趣。」

站在道路前的，是個非常巨大的黑影，像是房舍一樣高聳與強壯，全身都包覆著黑色布料，看不出長相，但是氣味與強盜團一致，還沾染了許多人的血液。

「能力者還有點用，加入或死。」無視旁邊的孩子，強盜的刀尖直接抵在里歐的脖子上，「朱火強盜團比起你們破爛的地方，哪個是最好的，不用考慮吧。」

這根本不用考慮。

他張開嘴，朝強盜的腳用力咬下去。

□

他的時間並沒有在那天結束。

發出怒吼的強盜高高舉起了刀，刀面在黑暗的天空下倒映出他赤紅的眼。

就算死掉，他也要咬斷強盜的腳，讓他追不上剩下的人。

他用盡最大的力氣，聽見了骨骼斷裂的聲音，大量的血液噴濺到他的鼻子、嘴裡。

預計要落下的刀卻遲遲沒有砍進他的脖子，還沒來得及意識到是什麼狀況，咬著的強盜身體似乎受到什麼衝擊，有股強悍的力道將他衝撞出去，里歐也被迫鬆口，讓那隻原本快斷掉的右腳脫離了利齒之中。

在逆光的石頭上，他看見嬌小的物體跳下來，就像他們一樣的小孩身形……但是有兩根耳朵和絨毛身體。

即使是在偏僻的小鎮，里歐也聽聯盟軍說過幾次關於第七星區處刑者的事情。不管是高階或低階，他們可能在懲罰罪惡，也可能在救助弱小，包括自己在內的小孩們每次聽著那些事蹟，都偷偷在心中渴望著有一天處刑者會越過層層山巒，來解放他們這種小地方。

比起光神或阿克雷，處刑者是眞正存在著，他們或許可以觸碰。

但是處刑者始終沒有過來，就像神也總是未曾眷顧他們。

染成黑紅色的兔子晃了一下耳朵，紅色的眼睛沉靜地看著他，無機的人工眼睛看不出任何情緒，就像眞正的布偶一般。

小孩們抱在一起發抖，剩下的兩個大孩子衝過來，抱住里歐，警戒地看著布偶。

「爬起來，繼續向前。」兔子淡淡傳出聲音，然後轉過頭，快狠準地踹上了強盜胸口，將撲上來的強盜踹得一個趔趄，往後摔倒好一段距離，「在下的朋友就在附近，快去。」

孩子們連忙抱起已經動彈不得的里歐，努力向前跑。

他側著頭，看見了兔子和強盜對峙，擋住了後面的追兵。

如果，他們能早一點來，就好了，處刑者和神不一樣，他們是眞正存在世界上。

對處刑者的崇拜，在那瞬間成爲怨恨。

孩子們在什麼時候碰上了其他處刑者，他已經忘記了。

他們被帶到安全的地方，那裡還有其他處刑者和行者，有藥物、有乾淨的水和食物，還有溫暖的被褥和衣服，行者們守在外面，逐漸帶回其他存活的人。

但是數量很少，非常地少。

「兔俠回來了。」

迷迷糊糊間，他聽見了旁邊的藥師開口。

幾個人站起身，藥師走了幾步，低聲地朝外面開口：「您救的那名野獸能力者不讓我們幫他治療……他完全不讓其他人靠近，這樣下去可能會撐不住。」

沒錯，他不想讓這些人觸碰。

明明可以救拜魯、爸媽、鎮長、鄰居，還有那些和親兄弟姊妹一樣的其他孩子，但是他們始終沒來，一直沒有來，就像光神從未現身過。

現在已經太遲了。

白色的身影出現在視線內，不知道爲什麼乾淨得一點灰塵都沒有的大白兔站在他面前，紅色的眼睛靜靜地看著他。

他張開嘴，只能發出虛弱的吼叫聲。

「雖然不知道閣下是聯盟軍或是自衛隊，但是繼續失血下去相當危險，請盡快解除能力吧。」大白兔一拱手，低下了頭，「很抱歉……非常抱歉，在下來遲了。」

第七星區太衰弱，地太廣、人力太少。

他嚎叫著，不知道流出的是血還是眼淚。

「在下非常地抱歉。」

大白兔伸出潔白的手，輕輕地摸著他的頭，「對不起、對不起……」

看著那雙紅眼睛，他解除了能力，比成人還大一些的黑色野獸軀體緩慢地縮小，斷刀從他身上掉了下來，濺出血液。

「唉呀，怎麼是小孩子？」

藥師發出驚呼。

然後，他失去意識。

□

那天之後，行者再度散去。

小鎮完全被強盜夷平，始終沒人搞得清楚爲什麼強盜要屠滅這種小地方。

姍姍來遲的聯盟軍集中了殘存的鎮民和孩童，給他們發放了臨時住處和微薄的慰問金，帶著一些人回去收拾屍體，豎立慰靈碑。

拖著還沒復元的身體，里歐藏身在其他人看不見的地方，看著他們將屍體或屍塊抬出來，一一集中在空地上。他也看見了，他們撿拾著的殘骸裡掉落出拜魯拿來喝果汁的那個酒壺——後來拜魯已經沒有酒可以裝了，有時候在果汁裡混合一點劣質的酒精，照樣喝得很有滋味。

他撿起了酒壺，拿到樹下，挖了洞，輕輕地埋起。

小鎮就這樣消失了。

軍方不在意，其他區域也自顧不暇，所以他們就在世界上靜靜地不見了。

得救的少數人被分派到不同地方，不論有沒有血緣，孩子們進了不同的收容處，曾經抱著玩著的面孔也全被拆散，發派人露出很應付性的微笑，說他們實在運氣很好，不但存活了下來，還可以順利進入各個收養處和得到新身分、新名字，能如此幸運的流民不多了。

里歐不懂外界成人那種敷衍性的笑，但是他分辨得出來不耐煩以及厭惡的氣味，外人只想快點將這件事情做一個結束。

於是他在聯盟軍沒注意時，偷偷轉化成較小的野獸形體，離開了集中所。

外面的世界果然很大，但是沒有他可以去的地方。

無所謂，不過他想問問聯盟軍，爲什麼不救他們。

他用著拜魯教導過他的方式，悄悄進入了中央區，潛入了不知是哪裡的走廊，他分辨著不同的味道，想尋找一個可以給他解答的人。

最後，他聽見了有人在開會的聲音。

成人們討論的是被強盜和海盜夷平的小鎮。

「眞是麻煩啊，竟然攻擊掉了。」

「那種邊緣小地方本來就是供養那些強盜用的，好讓他們吃飽不要侵擾重要區域。」

「也眞讓人頭大，這樣其他村落又要分擔一些強盜和海盜了，不知道朱火突然發什麼神經。」

「行者也不知道在湊什麼熱鬧，要安撫那些強盜還要花上一堆工夫。」

「算了算了，總之犧牲一個沒什麼用處的地方，好過其他區域的人被襲擊。」

「他們自己也明白的吧，當作守護島內的外圍，應該感到死得很榮幸，內區的人可以好好活著啊。」

「是啊，算是死得其所。」

「就這樣吧，反正也都死了，不會抗議就算了吧。」

里歐還沒大到可以完全理解成人的話語。

但是他已經知道爲什麼了。

拜魯說過，這是不對的。

這樣絕對不正確。

他搖搖晃晃地離開中央區，一直走著走著，想這樣走回小鎮，突然才想起小鎮已經沒有了。

直到他發現角落的陰影中出現大白兔，紅色的眼睛看著他。

那瞬間他就發現了，原來他不是怨恨處刑者，也不是光神，而是恨自己還沒長大，無法抵禦那些強盜，沒有保護鎮上所有人、父母，以及拜魯，沒能讓其他人可以好好地生活。

拜魯說的道路太遙遠了。

大白兔看著他，然後轉過身，走回黑暗處。他沒有思考太多，亦步亦趨地跟在大白兔身後，拋棄了聯盟軍給予的新身分、新住所。

活下去，繼續努力活下去。

執起刀，封起傷痕，露出尖牙，隱藏名字，從今天開始走在處刑者身後。

他們的道路相似卻又不完全相同，但是過程，絕對足夠他們攜手合作。

在有生之年，他一定要改善第七星區，讓所有人繼續活下去。

□

……

………

「……黑棱、你醒了嗎？」

逐漸轉醒之際，他聽見了熟悉的聲音。

側過頭，稍微眨了眨眼，視線才逐漸清晰起來，正對他的大白兔走過來，「你夢囈得很厲害，傷口痛嗎？」因爲沒有痛覺，所以他無法判斷人類現在的軀體變化。

「不，沒有。」笑了下，黑梭按著胸口起了身，「大概是，又夢到一樣的事情。」

大白兔沉默了半晌，「在下一定會和你一起走到實現的那一天。」

「謝啦。」他走到一邊的櫃子，拿下杯子，「我也會和你一起走到最後。」他的道路，和兔子重複疊合，他們都還在緩慢地向前行進著。

從那天開始，大白兔帶著他回到據點，與其他處刑者聯合解放了不少小村落，有些眞正成爲武裝區，有些卻還是再次沉淪，比起和強盜團對抗，他們選擇忍氣吞聲繼續卑微地活著。

如果不能做到眞正根除，這些事情只會重複再重複。

處刑者越來越少，能力者也不再出現，他們的合作者陸續被聯盟軍殲滅，然後又補上新的志願者成爲同伴，不斷整合著各方面的事務。

希望重整的並不是只有他們。

總有一天，這裡一定能夠有所改變，成爲一個所有人都可以好好活下去的地方，就像光神指引人類到達新世界，遠離毀滅的母星，讓成人與孩童都能夠存活。

他們，將會繼續生存下去。

拜魯說得沒有錯，有能力的人應該繼續爬向上，從高處根本改革，但是那條路太久也太遙遠，一路上也充滿了扯後腿的貪婪者。

所以他選擇另外一條路，緊緊地咬住敵人，能多用力就多用力，直到他們嚥下最後一口氣，讓更多人得以喘息，而那裡面一定也有可以改變現況的人。

黑梭拿下酒瓶，想起了拜魯經常抱怨酒太少，讓人提不起勁。

必須找一天好好地為他唸一篇禱文吧，附上很多好酒作為供品。

就在那瞬間，他突然看到一大片白色絨毛出現在眼前，接著酒瓶整個碎開來，濃濃的酒香瀰漫在室內。

「琥珀說過，請勿喝酒。」

大白兔一拱手，拿出掃把和圍裙，開始清掃碎片。

「……」

總之，他繼續活著。

〈存活〉完

國家圖書館出版品預行編目資料

兔俠. 卷3，變動的星區／護玄 著.
——初版.——台北市：蓋亞文化，2013.08
面；公分.——（悅讀館 ；RE303）

ISBN 978-986-319-062-2（平裝）

857.7 102015031

悅讀館 RE303

兔俠 vol. 3 變動的星區

作者／護玄
插畫／Roo 封面設計／克里斯
出版／蓋亞文化有限公司
地址◎ 台北市103赤峰街41巷7號1樓
電話◎（02）25585438 傳真◎（02）25585439
網址◎ www.gaeabooks.com.tw
部落格◎ gaeabooks.pixnet.net/blog
電子信箱◎ gaea@gaeabooks.com.tw
投稿信箱◎ editor@gaeabooks.com.tw
郵撥帳號◎ 19769541 戶名：蓋亞文化有限公司
法律顧問／十方法律事務所
總經銷／聯合發行股份有限公司
地址◎ 新北市新店區寶橋路二三五巷六弄六號二樓
電話◎（02）29178022 傳真◎（02）29156275
港澳地區／一代匯集
地址◎ 九龍旺角塘尾道64號龍駒企業大廈10樓B&D室
電話◎（852）2783-8102 傳真◎（852）2396-0050
初版一刷／2013年8月
定價／新台幣 240 元
Printed in Taiwan

GAEA ISBN／978-986-319-062-2

GAEA

GAEA